AF137769

Sam Roynet

Les

papillons

Pour ma mère…

Introduction

Chers lecteurs,

J'ai travaillé sur ce recueil pendant quatre ans et demi. Aujourd'hui c'est à vous de le découvrir. Mais avant cela j'aimerais vous expliquer un peu mon parcours.

Pour tout vous dire, je suis né trois semaines à l'avance ; le 12 mai 1995. Normalement, je devais naître le 10 juin. J'ai toujours résidé dans le village de Jemelle. J'ai souffert de problèmes respiratoires après que ma mère m'ait mis au monde. Il a fallu me mettre en couveuse. J'étais seul, sans ma famille.

Au fil des années j'ai eu d'autres difficultés, j'ai commencé à parler à l'âge de 2 ans car j'avais des problèmes d'audition. Après m'être fait opérer des tympans à deux reprises, j'ai commencé à dire mes premiers mots. J'ai ensuite très vite appris à parler.

J'ai toujours vécu dans une famille aisée mais un jour mon père a décidé de partir pour des raisons compliquées en nous laissant dans l'angoisse, la solitude et le désespoir. Ma sœur ainée a commencé sa crise d'adolescence ce qui entraînait très souvent des conflits avec ma mère. Quant à moi, j'ai commencé à devenir très anxieux et angoissé. Le sentiment d'abandon me hantait, la peur de mourir m'empêchait d'avancer. Ma mère a énormément souffert suite au divorce. Concernant mon parcours scolaire, je suis passé de l'enseignement ordinaire à l'école spécialisé de Forrières. J'y suis resté pendant trois ans. Là, j'ai commencé par souffrir de T.O.C (Troubles obsessionnels compulsifs). Durant quelques années, c'était invivable. Mais un jour j'ai enfin trouvé la force de les combattre grâce à un médicament que l'on m'a prescrit. J'ai pu avancer à mon rythme en laissant mes angoisses de coté.

Je tiens d'ailleurs à remercier ma famille pour m'avoir aidé à surmonter cette maladie. Mais la personne que j'aimerais remercier en particulier… c'est ma maman. C'est grâce à elle que j'en suis là aujourd'hui. Sans elle rien de ce que j'ai accompli jusqu'à aujourd'hui ne se serait présenté. C'est ma mère qui m'a énormément aidé à me remettre sur le droit chemin. Et comme je l'ai toujours dit, elle est ma violette et je suis son soleil. Car la violette a besoin du soleil pour vivre. Sans lui, elle fanerait. Cela veut dire que si un jour je ne suis plus là, elle serait peut-être morte de chagrin. Sans ma mère je me sentirais inutile. Un vide se creuserait au fond de moi-même et le chagrin serait intense et dévastateur… Le fait qu'on soit fort liés, elle et moi, nous permet de croire en notre vie et au bonheur… Sans quoi, il serait totalement absent…

Après avoir passé trois ans à Forrières, je suis allé dans une autre école afin d'obtenir mon CEB. Ensuite, je suis allé à l'Athénée Royal de Rochefort en première et deuxième générale. En 2011, je suis entré à Saint Roch à Marche-en-Famenne où j'ai obtenu mon diplôme d'Auxiliaire Administratif et d'Accueil en fin de sixième. Pour conclure, j'ai réussi mon CESS en septième. J'ai refait un parcours de deux ans à l'Athénée Royal de Marche-en-Famenne pour apprendre le métier d'éducateur. Malheureusement je n'ai pas réussi. Mais ce milieu m'a permis d'apprendre et de découvrir certaines choses sur moi-même.

J'ai souvent été intéressé par le dessin. J'aime inventer des histoires depuis ma plus tendre enfance. Même avec ma grand-mère on en réalisait sous forme de bande dessinée. Avant de commencer mon recueil, j'ai écrit un essai inachevé où j'étais le personnage principal de l'histoire. J'inventais aussi des contes que j'ai supprimé ensuite car je les trouvais trop simplistes et enfantins. Mais lorsque j'ai commencé à écrire "Souvenirs" j'ai tout de suite su que cette histoire devenait du sérieux ainsi que les autres que j'ai réalisé par après.

Dans ces histoires vous découvrirez la magie qui se cache derrière les ténèbres. Vous serez hanté par les ombres des cauchemars et enchanté par les miracles qui peuvent survenir… À vous de découvrir…

Sam Roynet

Le spectre

Il y a longtemps que je fais sans cesse le même rêve. Et chaque fois, je pleure horriblement. Je m'appelle Colin Delmore, j'ai 10 ans et je souffre d'hallucinations.

Toutes les nuits, je sens une présence quand je dors. Il fait froid et j'ai l'impression de mourir. Je ne peux plus bouger ni même respirer. Je m'enfonce de plus en plus dans le sommeil de la mort pour rejoindre l'au-delà.

C'est à cet instant que je sursaute de peur en me réveillant. Et je pleure. Je pleure car je perçois un vide dans mon cœur, comme si j'avais perdu quelqu'un. Je suis sûr et certain qu'il me manque quelque chose. Mais quoi ? En fait je sais : j'ai le sentiment d'avoir perdu un être cher. Mais qui ? Je n'arrive pas à me rappeler.

Pour dire, je suis enfant unique et je vis dans une épaisse forêt au bord d'un immense lac glacé. Chaque hiver, même au courant de l'automne, je l'entends murmurer doucement. Mais je ne peux pas la voir. Je ne sais même pas si ce spectre est masculin ou féminin.

En été, elle ne me suit plus ; ni au printemps. Là, nous sommes en hiver et je sais qu'elle est ici, tout près de moi et je l'entends... Chaque fois qu'elle est là, l'émotion et l'envie de me lâcher en sanglots arrive.

Je me cache sous la couette et mes larmes brillantes coulent. Je répète : « Pourquoi ?... Pourquoi ?!... Je me sens seul, aidez-moi... » Ma voix est tremblante et triste.

Quelques minutes plus tard, je me redresse. Mon lit se trouve tout contre la grande fenêtre. Je peux admirer la mélancolie de dehors. La neige, la glace, les arbres, les sapins et le lac. Sans la moindre couleur d'été. Je pose la paume de ma main sur le carreau gelé et j'inspire profondément ma grande tristesse.

Je sens un coup de froid dans le dos. Je suis mal en point. Je n'ai qu'une envie, c'est de me remettre sous la couette.

À dix heures du matin, je descends à la cuisine. Les flocons de neige tombent. Je suis pensif. J'ai encore l'envie de pleurer. Mon cœur bat la chamade.

Ma mère arrive près de moi. Elle me demande ce qui me tracasse en me caressant le dos. C'est là que je m'effondre. Elle me serre très fort dans ses bras. Pétrifiée, elle m'ordonne gentiment d'en parler.

Je lui explique tout ; que j'ai le sentiment d'avoir perdu quelqu'un, que j'ai failli mourir la nuit et que je sens une présence fantomatique. Elle me dit clairement dans les yeux que certaines choses ne s'effacent jamais, que certaines douleurs restent dans nos cœurs pour toujours. Elles restent sous la forme d'une cicatrice. Et elle me dit que même si je souffre, elle et mon père seront toujours là à mes côtés.

-Courage ! Chuchote-t-elle.

Dans ma somptueuse chambre, je m'habille chaudement et je sors dans le froid. Il fait sombre… sombre ! La neige recouvre tout, il gèle. J'admire le merveilleux paysage blanc sous la pluie d'étoiles glacées. Ma vieille balançoire abandonnée et décorée par des fleurs balance lentement dans les brises. Depuis ma naissance, elle reste accrochée à l'arbre qui frôle notre grande maison. Quand je regarde cette balançoire, quelque chose me dit qu'il y a un rapport avec ce que je ressens. Sauf que je n'arrive pas à le découvrir.

Au loin, j'aperçois un magnifique papillon bleu ciel battre des ailes vers une étrange lumière dorée provenant du lac. J'y vais. Je suis le papillon tout en restant prudent. Malheureusement, la lumière est loin et je ne peux pas traverser.

Je me sens à nouveau très mal. J'ai encore plus froid que jamais. Je tremble et je m'effondre.

Je me réveille dans une petite maison qui me semble inconnue. Une sorte de cabane en bois. Le vent souffle. Un homme étrange arrive vers moi et me dit que j'ai eu de la chance de m'en être sorti.

Je suis angoissé. Cela ne peut plus attendre. Je dois en parler. Je demande au monsieur si il y une sorte de fantôme dans les environs.

Il me sert du lait chaud et explique tout. Il raconte qu'il y a huit ans, une jeune adolescente de 14 ans a été affreusement assassinée. Elle était belle, grande avec de longs cheveux châtains lisses qui flottaient dans l'air du vent. Cette fille était une des plus merveilleuses et des plus généreuses. Un jour, elle s'est promenée en robe de nuit dans le village puis dans les bois alors que l'hiver était très rude. Elle emportait un papillon dans un bocal. C'était son plus tendre ami. La fille adorait se promener la nuit. Elle semblait insensible au froid. Tout à coup, un homme mystérieux en noir à la tête de croque-mort a fait son apparition dans la forêt. Au début il a sympathisé avec la fille ; il l'a attirée vers lui. C'est là que tout s'est déclenché. Il l'a battue violemment, a fracassé le bocal contenant le papillon contre un arbre afin d'écraser celui-ci dans sa main. Après-quoi, il l'a violée en poignardant par la suite sa partie vaginale. Il a porté le même coup de couteau dans le cœur et lui a arraché d'un coup sec ; ainsi que ses yeux. Il a mis les fragments du papillon dans le trou où était entreposé son cœur et a jeté le corps en sang dans le lac (dans les plus grandes profondeurs obscures). Jamais nous n'avons retrouvé son corps. Et une chose est sûre, c'est que le tueur est toujours en liberté à l'heure qu'il est. Ça n'a pas été sa seule victime, il y en a eu bien d'autres.

En entendant cela, je verse mes larmes. Je lui dis que j'ai l'impression d'avoir un lien avec elle. Il affirme qu'il est son père et qu'elle s'appelait Maura.

Un souvenir m'a soudain traversé l'esprit. Je me souviens d'une fille qui portait le même prénom. Mais je n'arrive pas à le distinguer. Je veux savoir !

Le père de cette défunte pleure toutes les larmes de son corps. J'éprouve le même chagrin ; il me donne l'envie de l'extérioriser aussi.

« Je suis désolé… »

Je lui ai parlé du lac, de la lumière et du papillon. C'est pour cela qu'il a raconté cette histoire et qu'il a mentionné son nom. Concernant la lumière, il n'en sait rien. Sans doute celle du paradis, affirme-t-il.

Une fois rétabli et remis sur pied, je revois le papillon par la fenêtre de la cabane. Je sors en le repérant à une certaine distance. Je cours. Alors que j'arrive tout près de lui, je tends ma main pour le toucher et pour qu'il se pose sur mon index. Mais ce ne fut le cas pour aucun des deux. Même si j'arrive à l'atteindre, je ne peux pas le toucher ; impossible. Lui, ne semble pas savoir que j'existe. Je continue à le suivre jusqu'au grand lac.

La lumière dorée est au beau milieu de la surface d'eau, parfaitement immobile. Le papillon se dirige vers cette mystérieuse étoile. Il brille à l'intérieur. C'est impressionnant. Ensuite, il disparaît l'étoile s'éteint lentement comme une bougie éphémère.

-Non… pas ça… non ! Criai-je.

Il n'y a plus rien. Je veux quand-même aller voir, mais c'est impossible de traverser. Surpris, en me retournant, je vois une barque au loin. Je l'amène au bord de l'eau et je saute dedans.

Je commence à ramer, à ramer comme je n'ai jamais ramé auparavant. La brume occupe le lac désormais. Il n'y a nulle trace d'une lumière dorée. Encore moins du papillon.

Mais, je vois quelque chose sortir de la brume. Je sursaute d'une peur verte. C'est elle, c'est Maura. Maura aux longs cheveux châtains, à la robe de nuit crasseuse, avec des taches de sang. Je vois même le monstrueux trou au niveau de son cœur qui fut arraché. Ses yeux noirs de mort et ses larmes sombres me donnent la chair de poule. Le sang dégouline de partout, même entre ses jambes. Elle est pâle.

Elle passe à travers moi. Je perds connaissance et tombe dans le lac.

Lorsque mon corps s'enfonce de plus en plus dans les ténèbres, j'entends une voix qui m'apaise. La voix de Maura : « Coliiiiiiiiiiiiiiiiiiin… in… in… in… »

Au-dessus de moi, la lumière dorée brille et son visage apparaît. Maintenant, je me souviens.

J'avais deux ans, je me sentais abandonné. Mes parents étaient toujours absents. Ils étaient partis porter secours à des êtres chers pendant toute une année. J'avais fait la connaissance d'une jeune adolescente qui s'était occupée de moi. Elle me faisait rire, me racontait des histoires avant de dormir, elle jouait avec moi et me chérissait toujours. Maura m'adorait. Je me souviens aussi de son papillon qui la suivait. Je m'amusais à le pourchasser. Il savait que j'existais. Ensuite, j'allais sur la balançoire qui était toute neuve en ce temps-là et elle me poussait de plus en plus haut. Je sentais la liberté en moi, la joie et l'émerveillement. Je regardais le papillon s'envoler dans le ciel. Cette balançoire… c'était mon plus grand divertissement. Le plus marquant, c'est quand elle me serrait dans ses bras pendant la nuit en m'embrassant et en murmurant dans mon oreille : « Je t'aime Colin. »

« Coliiiiiiiiiiiiiiiiiiiiiiiiiiiiiin… in… in… in… »

-Maura ?!

-Colin… si tu savais comme tu m'as manqué… et comme tu as grandi !...

-Toi aussi tu me manque Maura… comment ai-je pu t'oublier ?... Je suis tellement désolé !

-Tu n'as pas à être désolé… Tu sais ça fait tant d'années. Tu étais encore trop petit pour te souvenir de moi.

-Maintenant je me souviens… mais il m'a fallu du temps. Je me sens tellement seul sans toi…

-Tu ne seras plus seul désormais. Car tu seras avec moi… pour l'éternité.

-C'est vrai ?

-Tu es en train de mourir. Ton corps refroidit. Ton cœur s'est arrêté. C'est ton âme qui vit maintenant.

-Mais…

-N'aie pas peur Colin… Je suis avec toi… pour toujours.

Mes larmes ruissellent de plus belle.

-Il est temps de dire au revoir à tes parents… Prends ma main… Viens…

Et voilà, mon histoire se termine ici. Durant toute ma vie j'ai souffert suite à la mort de cette fille. Biensûr au fond de moi-même je ne savais pas vraiment pourquoi j'étais malheureux. Mais je savais que j'avais eu un traumatisme et un lien très fort avec elle. Quand elle a été tuée, je pleurais sans cesse. En grandissant tous ces souvenirs se sont dissipés. Mais le sentiment d'abandon est toujours resté gravé dans mon cœur. J'étais amoureux de Maura. Et puis en découvrant la vérité bien plus tard, je m'en suis souvenu. Même si le tueur est toujours en liberté Maura et moi sommes à nouveau réunis.

Le papillon est revenu et nous a guidé vers la lumière de l'au-delà.

Jamais je ne reverrai mes parents. Mais dans un sens, j'ai tellement été exclu et rejeté des autres que pour finir je suis enfin heureux. Je pleure de joie. Mes parents pleureront de peine mais je serais toujours présent dans leurs esprits. Je suis émerveillé par la splendeur de la vie qui m'a été offerte grâce à Maura… Maura… Je pourrais répéter son nom des centaines de fois…

Son merveilleux visage, bien vivant cette fois, m'alarme encore plus. Et comme deux amants, nous avons quitté cette vie…

« Pour l'éternité…

Fin

Mon commentaire

J'ai déjà vécu ce genre d'expérience ; rêver de mourir est commun pour chaque personne.
C'était durant la nuit, où je rêvais de ma première petite amie que j'avais tant aimée, mais qui m'a laissé tomber.

Il arrive qu'elle soit encore présente dans mes rêves mais pas régulièrement. Je m'enfonçais de plus en plus dans un sommeil profond, ne sachant plus bouger ni même respirer. (Telle est la phrase du petit garçon dans l'histoire). Je m'étais réveillé en sursaut. Je me souviens encore de ces mots qui me prédisaient comme quoi je devais quitter ce monde, sachant que je ne reverrai plus les gens que j'aime plus que tout.

Pour vous dire, je croix aux esprits. Ils existent bel et bien, mais pas au sens négatif. Les esprits restent sur terre soit pour nous aider, soit parce qu'ils veulent qu'on les aide. Maintenant, les fantômes sont rares, mais ils sont là ; tout près de nous. Si vous voulez savoir la vérité, je n'en ai pas peur.

Voilà pourquoi il m'est venu à l'idée d'écrire cette nouvelle, afin d'exprimer mon ressenti face à ce genre de situation. Je ne sais pas vous dire si c'était un spectre qui voulait m'attirer dans l'au-delà mais je sais une chose : rêver de mourir est signe d'une longue vie positive et merveilleuse…

Le cœur

Dieu,

Je ne sais pas si vous pouvez m'entendre ou me voir mais vous êtes mon seul soutien. Je m'appelle Eliot Corame, j'ai 83 ans et je vis dans une maison de retraite au cœur d'une épaisse forêt sinistre. C'est étrange comme cet endroit me rappelle celui que j'ai connu durant ma jeunesse. Seulement, la forêt dans laquelle j'ai vécu était encore bien plus belle que celle-ci et un peu moins effrayante. C'est dans cette forêt lointaine que j'ai vécu une partie de ma vie. Toutes les nuits, je rêve de ma vie d'avant en voulant à tout prix y revenir. Malheureusement, c'est impossible. Quand je me réveille, je me mets à pleurer. C'est incroyable comme les rêves peuvent faire mal. Ils vous font espérer puis vous lâche dans seul coup. Il ne me reste plus beaucoup de temps ; ma maladie me dévore de l'intérieur. C'est pourquoi je tiens à vous écrire cette lettre.

Pour vous dire, ma vie a été détruite. Vous vous demandez sans doute pourquoi ? Eh bien je vais vous raconter. J'ai quitté mes parents à l'âge de 13 ans. Je sais cela paraît très étrange mais c'est la vérité. Je ne pouvais plus les supporter. Ils me battaient sans arrêt. Je ne recevais même pas un brin d'amour de leur part. Mon père m'a même frappé violemment avec une poêle brulante. J'en ai encore la marque sur ma joue. Ma vie a été misérable.

Quand je suis parti, j'ai appris à me débrouiller tout seul. J'ai trouvé un emploi en tant que jeune homme de ménage. Vu que je ne pouvais pas encore avoir un véritable emploi, je devais me contenter de brosser, de balayer et de nettoyer les répugnantes cuvettes des toilettes publiques. Pour l'école, j'étais un assez bon élève mais je n'ai pas continué mes études tout de suite. Pour la seule et unique raison que je devais travailler pour me nourrir et gagner ma vie. Au début je ne gagnais pas beaucoup mais au fur et à mesure, j'ai eu une augmentation sur mon salaire. Pendant 1 an c'était difficile.

A 14 ans, j'ai rencontré une fille. Alice elle s'appelait. Elle était belle ! Elle et moi, nous passions de merveilleux moments tous les deux. Alice était seule comme moi, livrée à elle-même et triste. Nous avions fait un maximum d'économie avec l'argent que nous gagnions. On a trouvé une somptueuse maison à l'ancienne au beau milieu des bois. La propriété était sécurisée par une grande grille de fer noir. Le chemin agrémenté de feuilles mortes serpentait toute la façade jusqu'à la demeure. Elle était abandonnée. Nous avions décidé d'y habiter. Nous sortions souvent par derrière pour descendre jusqu'au lac pour aller se baigner et lorsque nos mains se rencontraient sous un soleil de fin d'après-midi, Alice affirmait en me regardant dans les yeux : « Je t'aime Eliot. » Nous nous sommes embrassés tendrement. Le soir qui a suivi notre baignade, nous l'avons fait pour la première fois dans un grand lit confortable. C'était merveilleux ! Dehors, on pouvait entendre le hululement éloigné d'un hibou, le cri d'un loup, les criquets et les brises. Nous apercevions la lune par la fenêtre et les branches d'arbres projetaient leurs ombres dans notre chambre.

Au fur et à mesure, nous nous sommes occupés de nettoyer toute la maison et d'acheter le nécessaire pour nos loisirs. Les meubles étaient déjà là bien sûr mais nous avions quand même acheté une télévision et collecté l'eau potable, l'électricité et le chauffage. La maison n'appartenait qu'à nous.

Après plusieurs semaines, Alice avait quelque chose à m'annoncer. « Je suis enceinte ! » Je n'en revenais pas… Enceinte ! À 13 ans en plus ! L'idée me traversait l'esprit en me disant que c'était terrible pour notre âge d'être parents mais merveilleux à la fois. Elle a sauté dans mes bras. C'était le plus beau jour de notre vie.

-Nous l'appellerons Junior si c'est un petit garçon, a affirmé Alice.

-Et si c'est une fille ?

-Alors nous l'appelleront Emilie.

Je n'étais pas tellement d'accord pour ce prénom car j'en avais un autre en tête.

-S'il te plaît, appelons-la Emilie, je t'en prie ! C'est un si beau prénom.

J'ai hésité pendant un instant et j'ai dit : « On verra. » Je n'étais toujours pas du même avis qu'elle.

C'est pourquoi notre argent s'est vite dépensé en achetant des jouets pour bébé ainsi qu'un berceau en bois. Nous l'avons déposé tout près de la fenêtre dans notre chambre. Nous voulions qu'elle ait la sienne. Il y en avait une au bout du couloir en face de la nôtre mais comme nous n'avions pas beaucoup les moyens de la rénover pour le moment, on a décidé de la garder avec nous. Au moins, notre petite famille était réunie pour la nuit.

Les mois passaient assez lentement selon Alice. Puis c'est arrivé mais pas comme je l'espérais.

Alice a commencé à ressentir des douleurs atroces. Elle s'est effondrée. Horrifié, je l'ai portée jusqu'à l'étage et je l'ai déposée sur le lit.

-Ecoute, mon cœur… je vais compter jusqu'à trois, puis tu pousses… Courage… nous formerons une belle famille je te le promets… Allez…

Elle hurlait tellement elle avait mal.

-Allez… courage… continue à pousser… vas-y, mon cœur !

Elle hurlait de plus belle et le pire, du sang inondait la couverture. C'était horrible…

Alice a continué à pousser, s'est immobilisée et a donné naissance à une petite fille. J'ai coupé le cordon avec une paire de ciseaux et j'ai pris le bébé dans mes bras, je l'ai embrassé et l'ai bercé tendrement. Je tremblais de joie.

-Regarde Alice, c'est une petite fille, j'ai dit en souriant.

Elle n'a pas répondu.

-Alice ?

Toujours rien. J'ai enveloppé le bébé dans une petite couverture épaisse et je l'ai déposé dans le berceau. Je me suis précipité vers Alice. Elle reposait maintenant dans une mare de sang.

-Mon cœur tu m'entends ?!

Elle avait les yeux fermés. J'ai senti si son cœur battait encore. Et bien pour tout vous dire, il ne battait plus. Elle est morte pendant l'accouchement.

-Oh, non…

J'ai caressé son beau visage jusqu'à ses longs cheveux blonds. Mes larmes perlaient. Je l'ai prise dans mes bras en la serrant très fort et je me suis mis à sangloter.

Je l'ai enterrée en face de la maison sous un arbre en y plantant une croix en bois. J'ai même marqué sur une plaque : « R.I.P Alice Mariel, 1983-1996 ». Ensuite, j'ai déposé une rose sur sa tombe. J'inspirais profondément en levant la tête vers le ciel et en regardant les feuillages flotter lentement dans les brises sous un ciel gris. Je tenais le bébé en caressant sa petite tête. Elle dormait. J'ai versé une larme. Elle est tombée sur son cœur.

-Ne t'inquiète pas, je serais toujours là pour toi… Je te promets que je prendrai soin de toi… Emilie…

Six ans ont passé.

-Réveille-toi papa ! Réveille-toi !

J'ai sursauté.

-Réveille-toi, c'est mon premier jour d'école ! Allez debout, gros flémard !

Elle riait.

-Emmy ! S'il te plaît, il n'est que six heures du matin.

-Justement, c'est maintenant que je dois y aller, allez lève-toi, vite !

-D'accord, d'accord, j'arrive ma puce.

-Tu me prépares mon petit déjeuner ? A-t-elle demandé en courant jusqu'au rez-de-chaussée.

-Oui, oui, j'arrive mon cœur.

Je n'étais pas rassuré. Car Emmy souffrait d'une grave maladie du cœur. Je l'ai appris quelques jours après sa naissance. Je n'avais qu'une chose en tête, c'était de la garder ici, avec moi. Mais d'un autre côté, je ne pouvais pas la priver de ses loisirs, encore moins de son avenir.

Je me suis levé et je suis descendu à la cuisine. Pour le déjeuner, j'ai préparé des œufs, du bacon et des tartines de confitures. Elle s'est régalée.

-Dis papa ?

-Oui ma chérie ?

-C'était comment ton premier jour d'école ? En première primaire ?

-Et bien… c'était assez compliqué au début tu comprends. Je me faisais souvent marcher sur les pieds. Mais, j'ai toujours eu des bonnes notes. Et je m'étais fait quand même quelques amis au fil du temps. L'école ne me déplaisait pas. Mais mon premier jour n'a pas été facile.

-Tu crois que ça ira pour moi ? A-t-elle demandé. Elle avait de la confiture autour de la bouche. Je me suis approché d'elle en lui frottant les lèvres avec une serviette.

-Bien sûr que oui. Allez, va te préparer, on va bientôt partir, j'ai dit en l'embrassant sur le front. Elle a souri.

La voiture que j'avais achetée était un vieux modèle d'occasion mais qui fonctionnait très bien malgré tout. Au fil des années, j'ai su gagner ma vie un peu plus. Tout le monde savait ce que je venais de vivre. Et aussi, j'ai décroché un emploi en tant qu'ouvrier et je n'étais pas déçu du salaire. C'était dans cette vieille Volkswagen qu'on est monté et nous avions démarré pour l'école primaire qui se trouvait dans le village tous près de la forêt.

En arrivant devant l'école, Emmy m'a embrassé sur la joue et est partie en courant vers la cour de récrée.

-Passe une bonne journée, ma puce ! Lui ai-je lancé puis je suis reparti plus inquiets que jamais.

Quand je suis revenu aux environs de trois heures et demie, la maîtresse d'Emmy est venue vers moi et m'a dit qu'elle avait passé une bonne journée. C'était une enfant adorable et j'avais de la chance d'avoir une fille comme elle. Et une chose était sûre, elle m'aimait plus que tout. Malheureusement, il y avait eu un petit incident dans la classe. Elle s'était effondrée en se tenant la poitrine, elle gémissait de douleur. J'ai eu un profond sentiment de stupéfaction, mais elle m'a dit qu'elle allait bien. J'étais à moitié soulagé.

Emmy a couru vers moi et a sauté dans mes bras en me donnant un cadeau. C'était un dessin qui nous représentait tous les deux ; on se tenait la main devant la tombe de maman. Les larmes me montaient aux yeux. J'ai serré ma fille dans mes bras.

-Je t'aime tellement Emilie !

La maitresse semblait aussi au bord des larmes. Emmy est montée dans la voiture et nous sommes rentrés chez nous.

Ma fille était grande pour son âge. Elle avait de magnifiques yeux verts avec de longs cheveux châtains et était mince. Sa peau était si douce ! Il y a bien des mots pour dire que j'aimais Emmy à la folie ! Après tout, c'était ma fille unique.

Aussi, je ne vous l'avais pas dit, mais à 16 ans, j'avais pris des cours par correspondance afin de me remettre dans le droit chemin concernant les études. Quand j'ai eu 20 ans, j'ai arrêté. Mais ce n'est pas ça le plus important. J'en reviens maintenant au moment où j'étais revenu à la maison avec Emmy.

Je lui ai demandé comment elle se sentait, elle m'a dit : « Je vais bien. »

-Ton cœur ?

-Ça va. Je peux aller jouer dehors avec ma poupée ?

-Bien sûr.

Je la regardais par la fenêtre du grand salon. Je la surveillais tout le temps. Elle courrait dans tous les sens en sautillant de joie, longeant la tombe de sa défunte mère. Elle était tellement mignonne ! Je pleurais… Je pleurais à chaudes larmes. Il fallait que je profite de mes moments avec elle. Car sa maladie pouvait prendre le dessus n'importe quand.

-Ma chérie ?! Ais-je crié. Emmy s'est détournée.

-Ça te tente, qu'on aille se baigner au lac ?

Elle a dit oui avec émerveillement.

Nous avions installé nos draps face au soleil. Celui d'Emmy était occupé par sa poupée.

-Vas-y doucement s'il te plaît, je lui ai dit, puis je l'ai rejoint dans l'eau où nous avions échangé des éclaboussures. Elle s'est jetée sur moi et je suis tombé. On s'amusait à s'attraper. On riait au point de ne plus nous rattraper. Ensuite, je l'ai prise dans mes bras et nous avions nagé.

Sur nos draps, nous admirions les nuages et les oiseaux qui volaient vers le soleil couchant.

-Papa ?

-Oui ma puce ?

-Tu venais souvent ici avec maman ?

-Oui… très souvent même. Même au temps où elle était enceinte de toi.

-Qu'est-ce qui s'est passé ?

J'ai marqué un temps d'hésitation en poussant un soupir.

-Tu sais Emmy, la mort n'est qu'un bref passage de la vie. C'est quelque-chose de naturel et de mystérieux. Mais moi tout ce que je sais, c'est que même si tu ne vois pas ta mère, elle est quand même présente auprès de toi. Elle te regarde tout le temps. Et je suis sûr et certain qu'elle se dit : « OOH ! Quelle belle petite fille j'ai mis au monde ! Elle est si jolie ! Si gentille !... et merveilleuse. »

Je regardais en direction du lac en étant près à pleurer.

« Perdre un être cher, Emmy… c'est perdre une partie de soi-même. Mais je savais que je n'étais pas seul. Car tu es arrivée. C'est le cercle de la vie. On ne peut pas l'expliquer. Et croix moi,… jamais, je ne voudrais qu'il t'arrive du mal.

-C'est pour ça que tu me protège beaucoup ?

-…Oui… oui, c'est pour ça… car je t'aime… tu es ma fille et la seule personne que j'ai.

Elle s'est approchée de moi et je l'ai serré très fort. Je l'ai embrassé. Le soir de cette dernière journée d'été a fait son apparition. L'automne n'allait pas tarder à venir.

Le lendemain matin, Emmy s'est réveillée avec une pointe horrible au cœur. Elle avait dormi avec moi. Elle est tombée du lit et s'est mise à pleurer très fort. J'ai sursauté.

-Papa ! Aide-moi !

-OH MON DIEU EMMY !

-J'AI MAL ! J'AI TRES MAL ! AAAAH !

Je l'ai prise avec moi jusqu'en-bas. Je lui ai donné un de ses médicaments ainsi qu'une aspirine pour apaiser l'horrible douleur. Elle gigotait dans tous les sens. Je l'ai remise ensuite dans mon lit ; elle s'est endormie. J'ai posé une main sur sa tête et j'ai regardé ensuite le plafond.

-Seigneur, je vous en supplie, aidez-moi…

Il y avait des rafales de vent au dehors.

J'avais pris rendez-vous chez son cardiologue au plus vite, il nous a reçus le surlendemain. Il a affirmé qu'Emmy souffrait de plus en plus de ses terribles troubles cardiaques et que la suite pourrait se révéler par des essoufflements, des palpitations ainsi que des angines ou douleurs thoraciques. Il a également expliqué que ses artères se bouchaient régulièrement et que son cœur ne battait pas toujours très bien. Il affirmait aussi que son cœur entier était malade et complètement endommagé. Il a donné plusieurs traitements ainsi que des médicaments.

Dans la voiture, je me retenais de pleurer. Emmy allait mieux.

-ça va papa ?

-Oui ma chérie. Tout va bien.

-Alors pourquoi tu pleures ?

-Parce-que… Ne t'inquiète pas, ce n'est pas grave.

De retour à la maison, nous avions parlé : « Emmy ? Sais-tu ce que c'est le paradis ? »

-C'est un endroit merveilleux hein ?

-Oui. C'est un endroit où se trouve Dieu. Dieu est quelqu'un de bon. C'est lui qui a créé le monde. Dès que ton corps meurt, ton âme va rejoindre la lumière. Tu arrives devant une porte dorée, elle s'ouvre et c'est là que l'on retrouve tous les gens qu'on a perdus et qui nous aimaient. C'est là-bas qu'il y a ta maman. Une belle déesse dans les nuages sous la douce musique des anges. Maintenant, chacun à ses croyances. D'autres croient en la réincarnation. C'est-à-dire que les gens se réincarnent en quelqu'un d'autre ou en animal. D'autres croient à l'enfer et d'autres croient qu'il n'y a rien. Mais pour moi, ça, ce sont des balivernes. Je sais qu'il y a quelque chose. J'y crois.

-Papa ?... Est-ce que je vais mourir ? Elle a posé la question en ayant la gorge serrée. Je l'ai prise dans mes bras.

-Ecoute, sache une chose, Emmy, que tu meurs dans 2 jours, dans 3 mois ou dans 10 ans, ne change rien à la vie. Car nous sommes tous promis à la mort. Tout le monde meurt. Moi aussi je vais mourir un jour. Personne ne peut échapper à ce mystère, mon ange.

Emmy regardait la tombe de sa mère par-dessus mon épaule. Elle me serrait très fort et ses larmes qui coulaient, humidifiaient mon Tee-shirt.

Je lui murmurais : « Je t'aime… je t'aime plus que tout, comme un ange, ne l'oublie jamais. »

Ma fille avait peur de mourir, c'était sa plus grande frayeur. Surtout le fait qu'elle allait me quitter et de ne plus jamais me revoir. Je ne la reverrais jamais non plus. Mais on finirait par se retrouver de l'autre côté. Quand on aime une personne, on finit toujours par la retrouver.

Emmy regardait par la fenêtre de ma chambre, elle adorait observer la forêt. Surtout en hiver en écoutant sa musique préférée du groupe Irlandais « *The Corrs, Everybody Hurtz.* » Elle était émerveillée par cette chanson. Elle en pleurait souvent. Cette chanson était douce, triste et belle à la fois.

Trois semaines ont passé. L'automne était là. Les arbres laissaient tomber leurs feuilles dans le vent, il faisait sombre. Le jukebox que je lui avais offert avec l'album des Corrs fonctionnait calmement sur le titre « *Everybody Hurtz.* » Elle a décidé d'ouvrir la fenêtre et de se coucher sur l'appui pour regarder vers le haut en pensant à la mort. De temps en temps, elle gémissait quand elle avait mal. Elle avait réussi à s'endormir quand la musique s'est terminée.

Je l'ai remise dans son lit ; elle avait besoin de se reposer. Au fil du temps, j'ai su lui faire sa propre chambre. J'ai refermé la porte derrière elle et j'entendais qu'elle pleurait silencieusement dans son sommeil. Je suis revenu dans ma chambre en refermant la fenêtre. J'ai posé une main sur le carreau en vous priant.

Par un matin maussade et brumeux, je suis allé à la petite chapelle qui se trouvait plus loin du lac. Je me suis accroupi et j'ai prié devant la Sainte vierge ; j'ai prié pour que vous protégiez ma petite fille, pour que vous m'envoyiez un signe. C'est à ce moment-là que je me suis retourné et parmi les arbres se trouvait une petite fille en robe de nuit rose. Elle était mince, pieds nus, avait des yeux verts et de longs cheveux châtains lisses. Il neigeait au-dessus d'elle. Et son visage !... Je ne pouvais m'empêcher de le contempler. Sauf qu'il avait un air très triste.

-Emilie ? J'étais étonné et angoissé à la fois. Je me suis approché d'elle.

-C'est toi ?

J'ai voulu lui tenir la main pour la rassurer mais je ne pouvais pas la toucher. Mon cœur a commencé à battre la chamade. Ses larmes ont coulé et ont humidifié son pyjama. Elle sanglotait. Mais je n'entendais aucun de ces bruits, ni ses pleurs, ni ses hoquets. On aurait dit un personnage dans un film muet. Son teint est devenu pâle, très pâle. Elle avait posé la paume de sa main sur son cœur pour éviter que celui-ci ne lâche, mais il a lâché. Emmy s'est ensuite effondrée dans de la brume. La neige s'est estompée. Ma fille avait disparu.

-Oh, non… Emilie ! J'ai versé une larme. J'ai couru jusqu'à la maison.

Emmy jouait avec sa poupée sur le chemin de feuilles mortes et courait jusqu'à la grande grille noire. Elle serrait les barreaux de ses mains puis les passaient à travers en tenant sa poupée pendue vers le sol. Elle a posé sa tête contre la grille, ses longs cheveux flottaient délicatement dans le vent. Elle a fermé les yeux alors que ses larmes coulaient tristement. Je m'en suis approché.

-Emmy ? Il faut que je te parle.

Elle n'a pas répondu.

-Allez, viens ma puce. Donne-moi la main.

Nous sommes allés nous asseoir sur la balancelle qui se trouvait sous le porche de la maison. Nous admirions la tombe de sa mère dont les fleurs occupaient la surface de la terre. J'avais repeint la croix en blanc. Emmy se reposait tout contre moi et pleurait silencieusement.

-Tu sais Emmy,… dans la vie, il y a des choses qui sont très difficiles à surmonter. Il y a des blessures qui ne s'effacent jamais. Ta mère… a été une terrible perte pour moi. Et un horrible chagrin. Toi, tu ne la pas connue, mais je sais à quel point ça te manque de ne pas l'avoir à tes cotés pour partager tes moments avec elle, qu'elle puisse t'aimer, te chérir, t'emmener à l'école, t'apprendre des choses, vous amuser comme des meilleures amies et même peut-être avoir une petite sœur grâce à elle…

Je ressentais une forte envie de pleurer.

-Papa ? Est-ce que je vais bientôt mourir ?

Je n'ai pas voulu répondre. Mais je savais quand elle allait mourir ; au courant de l'hiver.

-Je n'en sais rien ma chérie. Mais ça va t'arriver.

-Comment tu peux le savoir ?

-Et bien, je le sais, c'est tout… Mais ne t'inquiète pas, car je serais là avec toi. Tu ne seras pas toute seule.

-Je veux que tu me racontes ce qu'il s'est passé avec maman. Comment elle est morte ? J'ai besoin de savoir la vérité. S'il te plaît, c'est important pour moi. Je t'en prie, raconte-moi.

-Et bien… …pour tout te dire, j'ai rencontré ta mère quand j'avais 14 ans. Oh, c'était une magnifique jeune fille ! On vivait des moments si intenses tous les deux ! En plus, elle a toujours rêvé d'avoir un enfant. C'était la chose la plus merveilleuse qu'elle a toujours souhaité. Quand elle était enceinte de toi, elle s'impatientait… Mais ça ne s'est pas passé comme je l'avais pensé.

Elle a lentement levé la tête en me regardant dans les yeux l'air malheureux et interrogatif. Ses larmes ruisselaient toujours.

-Ta maman souffrait. Elle est morte en te mettant au monde. Elle reposait dans du sang qui inondait le lit, c'était horrible…

Je pleurais. Emmy se pétrifia.

-Je suis tellement désolé ma chérie !...

Ma pauvre fille sanglotait atrocement… atrocement !

-Ecoute Emmy,… il y a des choses qui sont difficiles à avouer dans la vie et si…

-Pou… Pourquoi tu ne m'as pas… dit la vérité ?... Tu… tu… tu m'as toujours dit… que… maman… était m… morte… après ma naissance et… sans avoir… souffert !

-Emmy, je suis…

-Je te déteste ! Tu n'as même pas pu la sauver… JE TE DETESTE !!!

Elle est partie en courant, hurlante de pleurs. J'ai tenté de la rappeler mais cela ne servait à rien. Alors j'ai prié. J'ai prié pour que vous remettiez en cause notre conflit afin qu'elle revienne vers moi. Elle avait besoin de moi bon-sang ! Je me suis approché ensuite de la tombe de ma défunte petite amie. Je me suis accroupi en posant ma main sur les fleurs qui commençaient déjà à faner. J'ai fermé les yeux.

-Aide moi, j'ai dit ensuite lorsque le vent me soufflait à la figure.

Quand je suis rentré dans la maison à quatre heures de l'après-midi, j'ai découvert Emmy effondrée à plat ventre tout près de son lit.

-Emmy ! EMMY, NON !!!

Je l'ai prise dans mes bras, son cœur était en train de lâcher. Je devais l'emmener chez le médecin.

-Accroche-toi, mon cœur… Accroche-toi !

Je l'ai installée sur la banquette arrière de la voiture et j'ai foncé jusqu'aux urgences qui se situaient loin de chez nous.

L'état d'Emmy s'aggravait ; c'était de pire en pire. Les médecins l'ont soignée mais étaient complètement déboussolés. Ils m'ont dit qu'il ne lui restait plus beaucoup de temps. A ce moment-là, je n'ai cessé de profiter de mes derniers instants avec ma fille.

Il ne restait plus qu'un mois avant l'hiver, alors on a commencé à faire plusieurs activités. Je m'étais excusé envers Emmy. Je m'en voulais tellement et pour me faire pardonner, je lui ai offert un médaillon en or que sa mère portait quand elle était encore en vie. C'était un cœur en diamant vert. Je l'avais toujours gardé en lieu sûr. Et je voulais qu'elle sache à quel point j'étais vraiment désolé. Emmy m'a serré dans ses bras et m'a dit : « Tu es le meilleur de tous les papas. Je t'aime. » Je l'ai embrassée.

-Moi aussi je t'aime.

Je l'ai emmenée à la pleine de jeux qui se trouvait tout près de l'église du village. Elle a voulu faire de la balançoire, elle a fermé les yeux et je l'ai poussée vers le ciel. Cela avait pris une heure. Lorsque je l'ai ramenée vers moi, elle s'est effondrée sur le sol.

-Oh, non… Emmy ! Emmy, réveille-toi ! Emmy ! S'il te plaît ma puce, reste avec moi… reste avec moi…

Je pleurais contre elle. Heureusement qu'il n'y avait personne aux alentours. Emmy s'est réveillée.

-Est-ce que ça va, ma chérie ?

-…Papa, j'ai… j'ai… j'ai…

-Vas-y, Emmy, parle-moi, ma princesse, parle-moi ! Crache le morceau ! N'aie pas peur…

-J'ai vu maman…

Elle m'a apeuré.

-Attends, quoi ? Comment ça ?

-J'ai vu maman… elle m'a tendu la main en me souriant. Elle brillait dans une lumière dorée. Et elle m'a parlé.

-Quoi ?!

-Elle m'a dit que j'étais une merveilleuse petite fille, qu'elle m'aimait plus que tout, elle voulait que je la suive jusqu'au paradis.

-…Oh, mon Dieu, Emmy, c'est… tu… tu… comment elle était ?... Dis… dis-moi comment elle était ?...

-Elle était très belle, magnifique, elle avait de longs cheveux blonds et des yeux bleus. Et elle avait une robe blanche.

Mes larmes perlaient.

-Viens-là !

Je l'ai serrée très fort en pleurant.

Quand nous sommes rentrés, j'ai mis Emmy au lit et je suis sorti sur la cour avant en regardant vers le ciel. Le vent soufflait très fort, les feuilles tombaient. Je suis allé jusqu'à la tombe de ma petite amie. Je lui ai parlé. Je lui ais dit à quel point j'étais heureux qu'elle ait enfin pu voir notre fille même si elle n'était plus là. J'aimais ma famille plus que tout, encore aujourd'hui.

J'étais émerveillé et triste à la fois car Emmy n'allait pas tarder à rejoindre sa mère. Mais je devais la garder auprès de moi jusqu'à la fin. J'avais vu sa mort et je savais qu'il fallait la soutenir.

-Si seulement il y avait un miracle, j'avais dit.

Je savais que ma bien aimée voulait que sa fille vive, qu'elle soit heureuse, qu'elle ait un bel avenir… mais malheureusement c'était impossible. Jusqu'à ce que je fasse une étrange découverte.

Par un matin des plus sombres, deux semaines avant que l'hiver ne commence, je suis allé marcher très loin dans les bois. Emmy dormait. J'allais de plus en plus haut, ma maison se trouvait tout en bas. Je pouvais même apercevoir le village tout au bout. C'était beau et triste à la fois. J'ai continué à marcher. Je pouvais entendre le martellement d'un pic-vert, les cris d'un corbeau et d'un aigle et le vent. Je m'approchais vers un endroit encore plus sombre et plus effrayant. Je n'étais jamais passé par là auparavant. Alors j'ai pris sur moi en inspirant profondément et j'ai pénétré dans l'obscurité. Je pouvais voir des yeux briller dans le noir à travers les buissons, j'entendais toutes sortes de bruits épouvantables.

J'ai continué mon chemin pendant 1 heure jusqu'à que j'aperçoive une étrange lumière blanche. Qu'est-ce que ça pouvait bien être ? Je n'en savais rien. Mais quand je l'ai découverte de plus près, j'ai vu que ce n'était pas seulement une lumière, mais une source d'eau. Elle était claire et pure. J'avais plongé ma main dedans et quand je l'ai ressortie, des étoiles coulaient. Toute l'eau étaient bordée d'étoiles. Pour moi c'était à la fois quelque chose d'imaginaire et de fantastique. En même temps, une source d'eau agrémentée d'étoiles avec une lumière blanche et brillante juste au-dessus, était un élément que l'on trouve souvent dans les contes enchantés. Surtout quand des fleurs de toutes les couleurs occupent toute la surface autour de la source tel un splendide jardin. Je n'en revenais pas à quel point c'était merveilleux.

J'ai trouvé un message dans une bouteille qui était remontée à la surface. Je l'ai prise en retirant le bouchon et j'ai lu le message :

Dieu est celui qui a créé le monde. Il a ramené son fils à la vie. Il est celui qui guérit les blessures et les maladies mortelles. Chaque individu qui mérite de vivre mais qui souffre atrocement a le droit d'être guéri. Sans Dieu, personne n'existerait. Sans Dieu, aucun bonheur ni guérison ne serait présents, ni même la résurrection. Dieu a le pouvoir de guérir. Cette source fait partie de lui. Si par chance, un individu fait la découverte de cette merveille et plonge dans l'eau étoilée, cela pourrait mettre un terme à sa maladie à tout jamais. Chaque blessure ou maladie mortelle peut disparaître. Et peut aussi ramener les morts à la vie…

Je n'arrivais pas à y croire… Quelle chance ! J'ai couru jusqu'à la maison. La pluie et les rafales de vent ont fait leur apparition.

-Emmy ! J'ai crié en entrant dans sa chambre avec fracas. Elle n'était pas là. Je suis allé voir dans la mienne, elle était couchée sur mon lit. Je la secouais légèrement pour qu'elle se réveille mais je me suis rendu compte qu'elle l'était déjà depuis un moment.

-Emmy ! J'ai une très bonne nouvelle pour toi mon ange ! Tu ne vas peut-être pas me croire mais j'ai trouvé quelque chose de mystérieux au plus profond des bois. C'est une source ! Une source qui pourrait guérir ton cœur ! Oh mon Dieu ! Tu vas guérir c'est merveilleux ! Je savais que le seigneur nous protègerait.

Je l'ai embrassée sur la joue en la tenant dans mes bras. Mais je sentais qu'elle tremblait.

-Emmy ?...

J'ai vu que ses larmes coulaient et humidifiaient son oreiller.

-Est-ce que ça va ma chérie ?

-Tu crois que c'est vraiment nécessaire que je continue à vivre ?

-Pourquoi dis-tu ça ma puce ?

-Parce-que… je ne sais pas si je veux continuer…

-Quoi ? Mais… enfin mon cœur… Tu n'as que six ans… à ton âge on a envie de vivre…

-Je sais mais… je ne sais pas si je veux…

-Emmy,… je te promets que tout se passera bien quoi qu'il arrive. Je t'aime, tu es ma fille et je n'ai pas envie de te perdre tu comprends ? C'est pourquoi je vais t'emmener à la source pour que tu sois guérie… et que tu puisses enfin vivre ta vie…

Elle s'est retournée vers moi et m'a fait « non » de la tête, l'air déprimé.

-Tu ne comprends pas… Je ne peux pas.

Je lui caressais les cheveux jusqu'au visage.

-Pourquoi ? Quelle est la raison, ma puce ?

Elle pleurait de plus belle.

-M… maman…

-Ah… je comprends… tu aimerais voir ta maman, c'est ça ?

-Ou… oui…

Elle sanglotait comme une madeleine.

-Je l'ai vue papa… je l'ai vue… au… Paradis.

-Oui… tu me l'avais dit. Tu as eu une vision, n'est-ce pas ?

-Oui… et je donnerais tout pour la rejoindre… Tout ce que je veux c'est la revoir… et être avec elle… Et je sais qu'elle est ici, je la sens, je sais qu'elle est jeune et qu'elle a treize ans…

-Mais elle n'est pas ici Emmy… Peut-être que son corps est enterré chez nous mais son âme n'est pas ici… Et je vais te dire une chose, ta mère n'aurait pas voulu que tu meurs exprès pour elle. Ce qu'elle veut, c'est que tu vives ta vie. Tu comprends ?

-Je… je ne sais pas… Elle voulait que je sois avec elle… papa… je le sais… Elle veut que je la rejoigne… J'ai toujours rêvé d'avoir une mère… La vie parfois me fait souffrir… Il peut y avoir tellement de malheur et de tristesse ! Et ce n'est pas ce que je veux…

-Emmy, dans la vie, il y a aussi de très belles choses…

-Je t'en supplie papa… je t'aime… mais je veux que tu me laisses partir…

Durant les jours qui ont suivi, Emmy refusait de manger, même de boire. Je devais la forcer.

Souvent, elle refusait. Les symptômes suite à sa maladie étaient présents. Son cœur lui faisait tellement mal qu'elle en hurlait. Elle pleurait même. Elle était très vite essoufflée, elle avait mal partout même au niveau de la cage thoracique. Le pire, elle avait des angines régulières… et elle vomissait. J'ai voulu estomper ses symptômes en lui donnant ses médicaments mais elle les repoussait. Ma pauvre fillette de six ans se laissait dépérir. Dehors, il commençait à geler. Je tenais vraiment à ce qu'on ait une discussion pour essayer de la raisonner.

-Ecoute Emmy,… je sais que tu es malheureuse… je sais à quel point ça te manque ce genre de choses… mais ne me demande pas l'impossible… Je ne peux pas te laisser partir tu entends ? Alors prends tes médicaments… Prends-les ! Tu dois vivre Emmy, c'est ce que ta mère aurait voulu !

-NON !!!

-Pourquoi non ?!!

-Tu n'as pas encore compris je veux partir ! Je veux être avec maman !

-MAIS ARRETE BORDEL !!! ELLE EST MORTE TA MERE NOM DE DIEU !!!

EMMY... ELLE EST MORTE !!! TU NE LA VERRAS JAMAIS !!! EST-CE-QUE TU PEUX COMPRENDRE CA ?!!!

Emmy s'est mise à pleurer. Je la regardais et j'ai cédé moi aussi. Je suis allé près d'elle, nous nous sommes serrés l'un contre l'autre et on a sangloté tous les deux.

L'hiver était arrivé. Noël et le nouvel an étaient passés. Nous l'avions fêté dans la mélancolie et la tristesse. Il faisait sombre, il neigeait et le temps était d'un froid glacial. La neige recouvrait tout. Il y avait même parfois du brouillard et du vent. La forêt autour de nous était tellement belle ! Tellement magnifique en hiver ! La tombe de ma petite amie était aussi recouverte de neige. Les fleurs s'étaient décomposées.

Emmy ne jouait plus, ne bougeait plus, ne riait plus. Elle restait dans ma chambre, bordée dans mon lit du matin au soir en câlinant sa poupée. Elle était faible, très faible. Elle était devenue plus maigre. Elle ne mangeait plus depuis des jours et ne prenait presque plus ses médicaments. Ma fille se laissait mourir. Je me suis introduit dans le lit pour être à ses côtés.

-Papa ? A-t-elle dit d'une voix qui n'allait pas tarder à s'éteindre.

-Oui… je suis là ma puce, j'ai affirmé la gorge serrée.

-J'espère… que tu ne m'en veux pas… …Tu m'en veux ?

-…Non mon ange… je ne t'en veux pas. Seulement, j'aimerais savoir, c'est vraiment ce que tu veux ? Tu veux vraiment mourir ? Et rejoindre maman ? Tu es sûre que tu ne veux pas guérir ? Je respecte ton choix. Tu fais ce que tu veux.

Emmy me tenait par la main en me souriant tristement.

-Merci, papa. Merci…

-Tu as peur ?

-Non…

-Il y a quelque temps d'ici, j'ai connu une petite fille qui m'a dit que la mort lui faisait peur et qu'elle souhaitait vivre pour toujours. Elle pleurait et tremblait de tristesse tellement qu'elle souffrait à l'idée que… que la mort n'allait pas tarder à venir la chercher dans son sommeil. Tôt ou tard… Mais aujourd'hui, cette petite fille a disparu… et a laissé place à une autre qui préfère mourir plutôt que de subir les souffrances et les

atrocités de la vie. Mais quelque part je me dis…
que cette fille la sera enfin heureuse… pour
l'éternité.

Une larme coulait le long de la joue d'Emmy.

-je t'aime tellement papa…

-Moi aussi je t'aime ma chérie. Et je suis
désolé…

-De quoi ?

-D'avoir essayé de t'empêcher de partir et de
ne pas t'avoir écoutée la dernière fois. Mais j'ai
essayé de te protéger de tout ça parce que, bien
avant que l'hiver n'arrive, j'étais allé prier pour
toi à la chapelle et… j'ai vu ta mort, Emmy… Tu
pleurais et tu sanglotais comme maintenant…
ensuite tu as souffert une nouvelle fois et puis tu
t'es effondrée. Et je savais que le seigneur
voulait me le faire comprendre. En plus, tu
portais une robe de nuit rose comme ici même.
C'est depuis ce jour-là que j'ai en tête de refuser
de te laisser partir. C'était la fois où on avait
parlé de maman et que tu m'as dit que tu me
détestais… Tu te souviens ?

Elle a fait « oui » de la tête. Elle sanglotait de
plus belle.

-Je suis désolé de t'avoir dit ça papa…

-Ce n'est pas grave, j'ai dit en l'embrassant sur le front.

-Papa... je veux que tu me fasses une promesse... Une fois que je serai morte, je veux que tu m'enlèves mon cœur. Pour que tu puisses le conserver et l'emmener à la source dont tu m'as parlé pour ainsi le guérir... Pourquoi ? Parce que je veux que tu le donnes à une fille que tu aimeras plus que tout au monde... Bien sûr, tu n'auras pas conscience de qui il s'agira car les personnes qui seront en possession de mon cœur... le donneront à une fille qui souffrira ou qui sera en train de mourir... sans que tu saches qui c'est puisque tu ne pourras pas les suivre. Ils sauront que c'est pour une fille... mais tu leurs diras... que... tu veux en sauver une sans mentionner son nom... Une partie de mon âme sera avec maman... et l'autre partie te reviendra... ffai-le... pour moi... Promets-le-moi...

Je pleurais toutes les larmes de mon corps.

-D'accord... je te le promets, mon ange...

-Il y aura une nouvelle Emilie pour toi... C'est la seule chose qui compte vraiment... Là je ne vaux plus rien.

-Non, ne dis pas ça Emmy, toi aussi tu comptes…

-Je veux que tu sois fort… Enterre-moi à côté de la tombe de maman… s'il te plaît.

-D'accord… je te le promets.

-Tu restes avec moi ?...

-Oui… Je t'aime Emilie…

J'ai pris ma fille dans mes bras en regardant le dessin qu'elle m'avait offert qui était accroché au-dessus du lit. J'étais gagné par le silence et la dépression. J'ai décidé d'allumer le juke-box sur le titre « *Everybody Hurtz* ». De la fenêtre, je pouvais voir la lumière qui éclairait les flocons de neige dans la nuit du 6 janvier.

-Merci… a dit Emmy en fermant lentement les yeux. Elle s'enfonçait profondément dans son sommeil.

Durant la nuit, j'ai rêvé qu'on était tous réunis, moi, ma copine et notre fille. On se blottissait l'un contre l'autre sur la balancelle de la maison. On s'aimait à la folie sous le soleil couchant alors que dans une réalité lointaine, je sentais que le cœur de ma fille s'arrêtait de battre petit à petit. Le dernier battement était doux, éphémère et nostalgique…

Je me suis réveillé à 9 heures du matin. Il neigeait toujours. J'ai tenté de réveiller Emmy mais elle ne réagissait pas. J'ai réessayé à plusieurs reprises puis je me suis souvenu du rêve que j'avais fait cette nuit-là ; son cœur… s'était éteint. Je l'ai redressée en la serrant tout contre moi. C'était bien le cas. Je la berçais tendrement, comme un bébé prêt à s'endormir. Je pleurais… C'était fini.

Avant de l'enterrer, j'ai fait ce qui était nécessaire. Je l'ai déposée tout près de la tombe de sa mère. Je l'ai déshabillée. Elle gisait, nue, sur le sol neigeux et froid. Ensuite, j'ai sorti un couteau de ma poche et j'ai commencé par effleurer sa peau. Mon Dieu, je n'osais pas le faire ! Je n'osais pas l'enfoncer ! C'était horrible ! Horrible !... Mais je l'ai fait. J'ai enfoncé le couteau dans sa petite poitrine. Le sang coulait… Je hurlais tout en continuant à former ce cercle imparfait sur sa peau. J'ai su enfin le retirer ainsi que la chair rougeâtre qui entourait son cœur. Je le voyais… Cet organe si précieux qui nous permet de vivre… Je n'étais pas chirurgien mais je savais en partie ce qu'il fallait retirer afin qu'il ne soit pas inutile ou obsolète. Ou encore pire… qu'il soit impossible de fonctionner à nouveau. Alors j'ai essayé de ne pas pleurer ; je devais me concentrer. Je devais le faire pour elle… Donc j'ai pris sur moi et j'ai découpé tout autour. Le sang inondait tout : ma fille, mes mains et la neige. J'en avais même sur le visage. Une fois que le plus dur était terminé, j'ai arraché l'organe. Il dégoulinait du liquide rougeâtre. J'avais pris un bocal d'eau fraîche avec des glaçons. J'ai mis le cœur à l'intérieur. L'eau prenait la couleur du sang. Il était bien en sûreté. J'avais réussi. Je hurlais, je pleurais tout en serrant ma fille. Je me suis calmé puis j'ai emmené son corps à l'intérieur le temps que je cache son organe en lieu sûr et que je creuse.

J'avais creusé sa tombe à côté de celle de sa mère comme je lui avais promis. Je l'ai emmitouflée dans sa couverture épaisse avec sa poupée qu'elle ne quittait jamais. Lorsque je suis arrivé près de la tombe ouverte, j'ai regardé Emmy pour la dernière fois. Son merveilleux visage était neutre, triste. Ses yeux étaient fermés pour l'éternité. Des mèches de cheveux flottaient dans l'air glacial. J'ai mis la photo de sa mère et le médaillon à la place de son organe. Une de mes larme est tombée sur sa couverture (à l'endroit où était entreposé son cœur) accompagné d'un magnifique flocon de neige en forme d'étoile. Ce moment m'a rappelé le jour de sa naissance. C'était terrible…

-Adieu ma petite fille...

Je l'ai déposée au fond du trou et puis j'ai tout recouvert. Plus tard j'ai planté une croix (qui était plus petite que celle de la fille que j'avais aimé) en y inscrivant : « R.I.P Emilie Corame, surnommée Emmy, 1996-2002 » J'ai regardé la petite tombe longtemps, en vous priant, afin que vous puissiez veillez sur elle… J'ai pleuré sa mort pendant longtemps. Encore aujourd'hui.

Le chagrin est une partie de nos émotions qui reste au plus profond de nous pour le reste de notre vie. Personne ne peut l'effacer. Surtout lorsque l'on perd un être cher. Quant à l'amour, il ne dure jamais. Il finit toujours par se briser un jour où l'autre. Moi, c'est ce que j'ai ressenti quand j'ai perdu ma petite amie et ma fille. Mon cœur entier s'est déchiré en deux. Encore maintenant, je n'arrête pas de me dire qu'Emmy ne se sentait pas heureuse avec moi, qu'elle préférait être avec sa mère. Mais quelque part je me trompe ; je suis sûr que je me trompe. Car j'ai toujours su qu'Emmy m'aimait à la folie. Et même si elle a quitté ce monde pour l'éternité, je sais que je la reverrai, que je pourrai enfin la reprendre dans mes bras et de la chérir ainsi qu'Alice. Une fois que je passerai de l'autre côté nous seront au complet.

Je souffre de plus en plus… J'arrive tout doucement vers la fin de mon message, c'est pourquoi j'aimerais que vous me donniez la force de continuer et que vous me souteniez jusqu'à ce que j'ai terminé…

J'étais seul désormais. L'hiver a été très long, rude et déprimant. Un jour où il neigeait, je suis retourné à la source avec le cœur de ma petite fille bien à l'abri dans le bocal glacé. Les flocons tombaient. Toute la forêt sinistre était enneigée. Le plus magnifique était la source en elle-même. Toutes les fleurs étaient dorées ou blanches. A certains endroits, la neige était bleue comme le ciel. Elle brillait comme l'eau étoilée. De plus, une nuée de papillons de toutes les couleurs volaient délicatement autour. Je pleurais.

-Emmy…

J'ai ouvert le bocal contenant le cœur. Je l'ai pris en le regardant.

-Je t'aime Emilie…

J'ai plongé le cœur dans l'eau brillante. Il a fallu quelques secondes avant qu'il ne réapparaisse à la surface et qu'il flotte dans l'air alors qu'il se remettait à battre et cette fois… correctement ; dans le sens positif. De plus, il était entouré de la lumière de la source et de la neige. Il revivait. C'était incroyable ! J'ai voulu le toucher mais j'ai hésité. Finalement je m'en en suis emparé et je l'ai remis dans son bocal en vidant le reste des glaçons et l'eau pur. Pour être sûr que l'organe ne souffre pas, j'ai rempli le bocal d'eau de la source afin qu'il soit maintenu en vie. J'ai remis le couvercle.

-Un jour je trouverai l'âme sœur…

J'ai admiré la source pour la dernière fois puis je suis parti.

Le printemps était arrivé. Le soleil brillait à nouveau. J'entendais les cris des oiseaux de tous les côtés. J'en avais vu un voler à travers les arbres en écoutant le doux vent qui soufflait légèrement sur les feuillages. J'ai cueilli des fleurs dans la forêt (les préférées d'Emmy) et je suis allé jusqu'à sa tombe. Un chat noir aux yeux jaunes perçants s'y était installé en plein milieu et me regardait.

-Eh… comment t'es arrivé ici toi ? Va-t'en ! J'ai ordonné gentiment. « Allez, va ! » Je l'ai chassé de la main alors qu'il se faufilait à travers la grille pour rejoindre la forêt de l'autre côté.

Je me suis agenouillé près de la tombe en contemplant le nom de ma fille et sa date d'un air triste. J'ai déposé les fleurs sur la terre battue. J'ai prié.

J'étais descendu au lac lorsque le soleil s'apprêtait à disparaitre à l'horizon. J'ai voulu aller au bord de l'eau et à côté de moi, j'ai vu le reflet… d'Emilie ! J'ai sursauté en me détournant. Il n'y avait rien. J'ai entendu des craquements derrière moi. Je me suis retourné… très lentement. Emmy était là, pieds nus, habillée de sa robe de nuit rose sans rien en dessous accompagnée d'un trou monstrueux au niveau de son cœur. Du sang coulait tout le long de son corps. L'horreur ! Le pire, son regard était froid, perçant et cauchemardesque.

-Tu es un mauvais père, Eliot Corame. Tu es un SALAUD !!!

Elle s'est mise à hurlé en fonçant droit sur moi. Je suis tombé. Je l'ai vue cavaler au loin jusqu'à ce qu'elle disparaisse d'un seul coup comme une bougie que l'on souffle sur un gâteau d'anniversaire. J'étais effrayé. Était-ce un signe ? Un fantôme ? Était-ce vraiment Emmy ? Quoi qu'il en soit, ça n'avait aucun sens. Je voulais comprendre, mais je ne l'ai jamais vraiment su. D'ailleurs, ce n'était sûrement que le fruit de mon imagination. Mais pourtant elle était bien là… Je la voyais réellement… Est-ce que c'était vous qui vouliez m'envoyé un message ou me punir ? Si c'était le cas, sachez que je n'ai jamais mérité un sort pareil et que je n'ai jamais commis de délit ou de folie… jamais ! Alors pourquoi était-elle apparue pour me faire peur et me dire que j'étais un mauvais père et un salaud ? Je ne l'ai jamais su. C'était sans doute de brèves apparitions macabres suite au chagrin et au désespoir. J'avais traversé beaucoup d'épreuves difficiles.

Je suis rentré à la maison en espérant retrouver le dessin accroché au mur de ma chambre. Et c'était le cas. Il était toujours là. Emmy et moi nous tenant par la main devant la tombe d'Alice. C'était tellement beau ! Je l'ai admiré longtemps. Je voulais le voir car ce spectacle au bord du lac m'avait tellement traumatisé...

Quelques jours plus tard j'ai revu le chat ; juste après avoir été à l'école du village pour obtenir du réconfort auprès de son institutrice. Toute sa classe lui avait rendu hommage en allumant des bougies après avoir fermé les rideaux. Au retour je me sentais déjà un peu mieux mais pas suffisamment. Et c'est là que je l'ai vu. Ma voiture est tombée en panne sur la route dans les bois et quand j'ai voulu remettre du Diesel que j'avais en stock, il est arrivé et s'est assis, la tête redressé face à moi. J'ai fermé le coffre en lui disant : « Va-t'en s'il te plaît. »

Il a miaulé.

« Aller, va-t'en d'ici. Ne reste pas là. »

Il attendait en remuant la queue de droite à gauche.

« OUST !!! »

J'ai tapé du pied et il a cavalé à travers les bois vers la partie de droite. J'ai remis du Diesel puis j'ai redémarré en regardant dans le rétroviseur pour voir s'il ne revenait pas. Il n'était pas revenu. J'étais déjà assez tourmenté comme ça. Je n'avais pas envie qu'un élément perturbateur fasse irruption à mes moindres actions et faits et gestes. Soudain, j'ai aperçu Emmy au loin, devant moi. Ses longs cheveux lui retombaient sur le visage et elle me fixait cruellement. Elle était pleine de sang sur sa robe de nuit. J'ai hurlé en freinant de justesse. Une fois sorti de la voiture j'ai regardé autour de moi. Rien.

-C'est pas grave, tu as juste vécu des traumatismes tout au long de ta vie, c'est pour ça que… que tu souffres d'hallucination, tout ça c'est dans ta tête c'est… AAAH !!!

Emmy s'est jetée sur moi en voulant m'étrangler.

-Tu es une merde ! Une MEEEEERDE !!! Me hurlait-elle.

70

J'ai réussi à la dégager puis elle a disparu. Je me tenais la gorge en m'effondrant contre ma Volkswagen et j'ai pleuré longtemps.

Le lendemain, j'ai pris rendez-vous chez un psy pour raconter mes visions et ce que je ressentais face à la perte de ma compagne et de ma fille.

Le psy a dit que certaines douleurs négatives nous donnaient parfois des visions comme celles de nos cauchemars.

-Vous avez vécu beaucoup de douleurs et de souffrances dans votre vie Monsieur Corame. Mais sachez une chose, malgré votre jeune âge, tout le monde souffre de quelque chose de particulier. Beaucoup je vous dis, beaucoup de personnes ont du mal à exprimer ce qu'elle ressente… ou ce qu'elle vive dans leurs quotidiens. Mais la souffrance que vous avez, peut se gérer, se contrôler,… même disparaître à jamais. Ce que vous voyez n'est pas un signe de vérité Eliot. Loin de là. Ce sont juste des visions suite à un ou plusieurs traumatismes. C'est normal. Mais la chose en elle-même ne prédit rien. Ce sont juste des visions tout court vous pouvez me croire.

-D'accord, j'ai dit au bord des larmes.

-Et à propos du chat, quand l'avez-vous vu pour la première fois ?

-C'était,… sur la tombe de ma fille qu'il y a chez moi. Il me regardait. Je ne sais pas pourquoi… il est apparu comme ça du jour au lendemain… ça n'a aucun sens…

-Est-il réel pour vous ?

-Je ne sais pas… Mais il avait un collier. Mais je n'ai pas pu distinguer son nom. En tout cas je ne vois pas le lien qu'il y a avec ma fille…

-Eliot, écoutez-moi,… Chaque vision chez un individu n'a pas forcément de lien quelconque. Certaines visions ont un lien avec une autre… mais certaines n'en ont pas et peuvent avoir un autre lien qui est très différent de la première. En tout cas, une chose est sûre, si vous voulez que ces étrangetés disparaissent, vous fermez les yeux, vous vous concentrez très fort et une fois que vous les aurez rouverts, elles ne seront plus là. Si par chance, elles reviennent, faites la même chose et un beau jour elles disparaîtront… Quelles qu'en soient les conséquences.

Quelques jours plus tard, je suis allé me promener dans les bois et j'ai entendu un miaulement qui m'était familier. Le chat noir ! Il est venu vers moi et s'est frotté contre mes jambes en ronronnant.

-Va-t'en sale bête !

Le chat a hurlé en étendant ses pattes. Sa fourrure était redressée. Ensuite, il a dévalé au loin. Je savais pourquoi il avait réagi de cette manière. Emmy était de retour. Il l'avait senti.

-Je ne t'ai jamais aimé ! a-t-elle dit une fois qu'elle s'est avancée vers moi. Tu n'as jamais rien fait pour moi !!! »

Elle a ramassé un bâton et a voulu me frapper avec. Elle pleurait du sang ! Alors j'ai fermé les yeux. Je me suis concentré en me disant : « Tu n'es pas réelle ! Tu n'es pas réelle ! TU N'ES PAS REELLE !!! » J'ai rouvert les yeux et par miracle… elle n'était plus là. J'étais soulagé. Entièrement soulagé. Le médecin avait raison. Les visions ne sont qu'une part de nous-même. Mais ça n'a pas été la même chose pour le chat.

Lorsque j'apprêtais tout le nécessaire afin de partir loin de cet endroit pour découvrir un monde meilleur et de donner le cœur de ma fille à quelqu'un d'autre, le chat est revenu près de moi et a miaulé. Nous étions près de la grille noire.

-Va-t'en !

Il a miaulé à nouveau.

-Dégage de ma propriété !

Il est venu se frotter à moi. J'avais perdu ma haine envers cet animal. Je commençais à m'y attacher. J'ai fermé les yeux en me concentrant très fort et je les ai rouverts. Le chat était toujours là. Là, j'ai su tout de suite à quel point il était réel et si… adorable. Je me suis agenouillé et je l'ai caressé.

-Toi aussi t'es seul au monde… N'est-ce-pas ?

J'ai regardé le nom qu'il y avait sur son collier. Il était marqué : « *Kenry* ».

-Kenry ?

Il a miaulé.

-Bon sang, c'est à se demander d'où tu viens toi ?

Je m'amusais à la chatouiller au ventre. Il aimait ça. Je lui ai ramené des restes de viande et il les a mangés jusqu'à ce qu'il ne reste plus rien.

Il est venu dans mes bras en s'étirant ensuite, il est parti.

Pendant la nuit, j'ai rêvé d'Emmy au paradis. Elle me regardait gentiment, elle me souriait et me disait : « Je vais bien… Je suis heureuse désormais… Je t'aime… Tu es le meilleur de tous les papas… »

Elle m'a serré très fort et je lui ai dit : « Moi aussi je t'aime ma chérie… » J'ai fermé les yeux et c'est à ce moment-là que je me suis réveillé. J'ai pleuré de tristesse et de soulagement à la fois. Maintenant je savais qu'Emmy veillait sur moi. Mes visions avaient complètement disparu. Et c'était bien comme ça.

Mes bagages étaient prêts. J'étais sur le point de partir, de plus, je n'avais plus besoin de payer l'eau et ce qui s'ensuivait. J'ai appelé quelqu'un pour transporter tous les meubles, jusqu'à ce qu'il ne reste plus rien. De temps à autre, je nourrissais Kenry. Je m'occupais de lui. Je passais également beaucoup de temps près des tombes alors qu'il était avec moi.

Le jour de mon départ, j'ai prié une dernière fois pour Alice et Emmy. Je les ai contemplées toutes les deux et ensuite je suis allé près de la grille. Il pleuvait et il tonnait. Kenry était là et attendait des caresses. Je lui en ai donné. Je pleurais à nouveau.

-Viens-là, mon ami.

Le chat a sauté dans mes bras. Je sanglotais dans sa fourrure. Il ronronnait.

-Au revoir mon petit…

J'ai embrassé sa petite tête puis je l'ai reposé sur le sol. Il me regardait partir et monter dans ma vieille Volkswagen. Le dessin d'Emmy était sur le siège passager en compagnie du cœur. La camionnette était déjà partie. Ma destination se trouvait à l'autre bout du monde ; loin de cet endroit magique et merveilleux où chantent les oiseaux. J'ai démarré en regardant au loin Kenry par le rétroviseur. Il attendait près de la grille fermée. Qui allait le nourrir à présent ? Soit il s'en ira vers un autre endroit, soit il se cachera dans un coin pour y dépérir petit à petit. Comme l'a fait ma fille. Jamais je n'ai revu Kenry. Je le voyais jusqu'à ce qu'il n'y ait plus qu'un point noir. Je regardais la maison s'éloigner de moi pour toujours. Et une chose est sûre, c'est que cet endroit et ma famille me manqueront pour le reste de ma vie. Ils me manqueront terriblement…

Deux ans ont passé. C'était bientôt mon anniversaire, J'allais avoir 23 ans. J'ai même acheté une maison tout près d'un champ de maïs. Je n'allais pas tarder à donner le cœur de ma fille à une autre.

Je suis allé jusqu'à l'hôpital qui se trouvait en ville et par chance j'ai appris que quelqu'un souffrait horriblement et n'allait pas tarder à passer dans l'au-delà. Je ne savais pas qui c'était. Alors je me suis renseigné auprès des médecins et ils m'ont dit que le cœur de l'individu dont ils n'ont pas mentionné le nom était complètement malade et endommagé, qu'il n'était pas en bonne santé. Je leur ai montré l'organe que je possédais depuis deux ans.

-Il fonctionne, j'ai dit.

Les médecins étaient fascinés, pétrifiés.

-Un bon conseil, donnez-lui ce bocal avec l'eau étoilée. On ne sait jamais au cas où elle en aurait besoin. S'il en reste.

-Quel est votre nom monsieur ?

-Je m'appelle Eliot Corame. Prenez-le. Et donnez-le-lui.

-…D'accord. Merci, monsieur.

J'ai attendu toute une journée dehors et puis, en sachant que ce n'était plus nécessaire de rester planter là toute une journée, je suis allé manger un morceau au restaurant qui ne se trouvait pas loin de l'hôpital. Lorsque j'ai attendu ma commande, une magnifique jeune fille (qui avait environ mon âge) s'est assise en face de moi. Elle avait les cheveux noirs, ondulés. Elle avait un visage si merveilleux qu'il me rappelait celui de ma fille.

-C'est bien toi Eliot ?

-Oui c'est moi, pourquoi ? J'ai demandé en souriant.

-Tu m'as sauvée…

-…Quoi ?

-C'est toi qui m'a donné le cœur que tu possédais. J'ai gardé le bocal. Il est ici dans mon sac. Il y a encore assez d'eau magique dedans. Mais d'où elle peut bien venir ?

J'ai hésité à répondre.

-Elle vient d'un endroit magnifique, dans une profonde forêt où les oiseaux se mettent à chanter, où la neige tombe et où on peut se baigner dans un lac sous un soleil couchant.

-Waouh !... C'est magnifique !

-Et toi ? Comment tu t'appelles ?

-…Emilie.

Ce prénom m'a donné tellement d'émotion. Elle était revenue. A partir de ce jour-là, tout a changé. La fille que j'avais sauvée a fait irruption dans ma vie sans que je m'y attende. Nous avions fait connaissance, nous sommes devenus amis. Quelques temps après, nous avions décidé de sortir ensemble puis nous nous sommes mariés à l'âge de 30 ans et notre amour n'a jamais été aussi tendre et fabuleux. Nous n'avions pas eu d'enfant, mais on est passé par tellement de choses ensemble ! Nous avions réalisé nos rêves et on a vécu heureux… Pour le reste de notre vie. Mais je n'ai jamais oublié celle d'avant ; celle que j'ai eu avec Alice et ma fille. Je ressentais toujours le chagrin mais je vivais avec. Je n'en ai jamais parlé à ma nouvelle compagne. Je le gardais pour moi. Mais un jour je me suis dit que je devrais lui en parler. Je lui demanderais de s'asseoir et je commencerais à raconter mon vécu.

-Tu sais je ne t'en ai jamais parlé mais tu te souviens quand je t'avais dit que l'eau magique venait d'un endroit magnifique ?... Et bien…

Et peut-être que je lui en ai parlé… Peut-être…

Ceci est la fin de mon histoire, Dieu. Encore aujourd'hui je ressens beaucoup de chagrin mais c'était pour vous raconter une partie de ma vie. Et d'exprimer ce que je ressens. Je tiens vraiment à ce que vous receviez ce message. J'espère vous rejoindre dans l'au-delà.

Je vous aime Dieu ; je suis votre plus grand admirateur. Et merci de votre compréhension…

Bien à vous, Eliot Corame.

L'auteur de cette lettre est décédé peu de temps après être revenu dans sa maison d'autrefois. Il dit avoir revu les fantômes du passé. Celui de sa petite amie, Alice et celui de sa fille. Les responsables de la maison de retraite voulaient lui faire la surprise en l'emmenant loin de là pour ainsi revivre les expériences de son jeune temps.

Tout ça, grâce à une amie qui lui était fidèle en qui il pouvait avoir confiance. Il lui avait parlé de son vécu et cette femme à tout raconté aux responsables et elle leur a dit qu'il tenait vraiment à revivre tous ces souvenirs.

Il était émerveillé et pleurait de joie et de tristesse en voyant que les deux tombes des deux personnes qu'il avait aimées étaient toujours intactes ainsi que le reste du décor. La maison était vide, mais il se rappelait chaque pièce de cette demeure malgré l'absence de meubles. Ils l'ont aidé à marcher jusqu'au lac et à travers la forêt. Avant de partir, il a jeté un dernier regard à la maison et aux tombes (dont les croix de bois ont usé avec le temps) en faisant le signe de croix et a attaché la lettre à un ballon d'hélium avant de le laisser s'envoler vers le ciel.

Au lieu d'être enterré, il a préféré être incinéré. Les responsables de la maison de repos ont gardé ses cendres dans le bocal qu'il avait gardé depuis toujours. Ils sont revenus une nouvelle fois à la maison abandonnée pour descendre au lac afin d'y laisser plonger les restes de monsieur Corame.

Quoi qu'il en soit, cet homme était armé d'un grand cœur d'or et d'une profonde sensibilité. Et il avait une fille appelée Emilie… Emilie Corame, que l'on surnommait Emmy…

Mon commentaire

En écrivant cette histoire, j'ai pleuré. Surtout quand Emilie meurt et que mon héro doit partir pour toujours. Ces deux passages sont les plus déchirants de cette histoire. Mais elle nous décrit à quel point l'amour est plus fort que la mort ; en quelques sortes. Elle nous explique également celui entre un père et sa fille. Le père met tout en œuvre pour sauver son enfant mais les choses ne sont pas aussi évidentes quand l'enfant en question fait le choix de partir afin de ne pas souffrir ni d'endurer d'autres souffrances dans la vie de tous les jours.

L'idée de cette histoire m'est venue à l'esprit grâce à un ancien ami qui m'a trahi. Il a affirmé qu'il avait une sœur à l'époque qui est morte d'une maladie du cœur à six ans et qu'elle en souffrait. Suite à cela, mon idée s'est développée peu à peu mettant en scène la grande demeure, la petite fille et le père. Le passage avec Kenry et le fantôme d'Emmy me sont venus comme ça au fur et à mesure où j'allais clôturer l'histoire de la famille Corame.

D'ailleurs, en parlant du chat, il apparaîtra dans plusieurs nouvelles mais aussi dans celle où je ne parlerai que de lui et de son voyage. Car Kenry n'est pas un chat ordinaire mais la réincarnation d'un homme venant d'une autre vie. Dans la réalité, je m'imagine que c'est mon défunt grand-père qui prend la forme d'une boule de poils noire dans mes propres histoires.

Cette lettre que j'ai écrite dans la peau de mon propre personnage rend hommage à mon grand-père. Je l'ai écrite pour lui. Car je savais à quel point il souffrait à rester seul dans sa maison de retraite en ayant mal physiquement. Il était en chaise roulante. Je suis allé lui rendre visite après quelques années de distance. Et c'est la dernière fois que je l'ai vu. La seule chose que je regrette fortement c'est de ne pas l'avoir appelé par ces mots : « grand-père » ou « papy ». A l'époque je ne le considérais pas comme un membre de ma famille. Je me sens fort coupable. Et je m'en veux. Il a débarqué dans ma vie à l'improviste. C'était un étranger. Mais je l'aimais. Pour moi il fait partie de la famille maintenant. C'est pour lui montrer que j'avance et que je veux poursuivre mes rêves que j'ai écrit cette lettre. Et je sais qu'il m'entend là où il est, qu'il me regarde et qu'il me soutient. Cette histoire restera l'une de mes préférées. Repose en paix papy. Je ne t'oublierai jamais et je t'aimerai pour l'éternité…

Forgotten

Le monde

de l'oubli

La magie ne dure jamais. Elle s'éteint lentement comme une bougie éphémère. Comme un amour qui semble éternel mais qui ne l'est pas. Tels étaient les mots de la personne que j'avais aimée étant enfant. Alors que je contemple la neige tombante depuis la chambre de ma petite fille, je ne peux m'empêcher de repenser au passé. Le paysage au dehors est magnifique. Ma petite fille de 9 ans a voulu passer Noël avec moi. Malheureusement, elle souffre de la mucoviscidose. J'ignore combien de temps elle vivra. Mais j'essaye de voir le positif en me disant que si elle meurt un jour, elle aura quand-même eu une vie merveilleuse.

-Grand-père ?

-Oui, mon cœur, je suis là. Qu'est-ce qui se passe ?

-J'ai froid.

-Oh, ma pauvre chérie, tu veux que je te prépare un lait chaud ?

-Oui s'il te plait.

-D'accord je reviens tout de suite.

J'ai fait le nécessaire pour ma petite fille. Je lui ai fait du chocolat ; elle a bu à grande gorgée. Elle avait beaucoup de mal à respirer.

-Tu me racontes une histoire, demande-t-elle en contemplant le papillon doré qui décorait le sapin décoré de guirlandes et de boules de Noël.

-Non Suzanne désolée, ma chérie, pas aujourd'hui, il est tard.

-Allez, grand-père, s'il te plait !

Je l'ai portée jusque sous sa couette épaisse et je me suis assis sur son lit en lui caressant les cheveux bruns bouclés et son adorable visage.

-Bon d'accord. Ça sera en même temps une partie de ton cadeau. Est-ce-que tu sais pourquoi tu t'appelles Suzanne ?

-Non.

-Tu as toujours rêvé de le savoir n'est-ce-pas ?

-Oui.

-Et bien je vais te raconter. Mais pour cela, il faut d'abord que je te parle de magie.

-De magie ?!

-Oui, mon ange, de magie. Il était une fois, en 1910 un petit garçon pas comme les autres. Il était très seul, livré à lui-même. Oh, bien entendu, il avait sa mère, mais elle était souvent absente. Alors il était triste ; il n'avait même pas d'amis avec qui partager ses moments de bonheur. Il était très timide. Mais cette histoire ne se base pas uniquement sur ce petit garçon. C'est aussi l'histoire de… d'une mystérieuse petite fille. Et celle d'une enfant disparue. (Suzanne a rétorqué un soupir de stupéfaction.) Ça s'est passé 10 ans plus tôt encore. Le jour de Noël. C'était une petite fille qui habitait dans le coin pas très loin de la forêt. Les parents étaient affolés face à cette terrible tragédie. Ils ne s'en sont jamais remis. Depuis ce drame, plus aucun enfant ne sortait sans l'accord et la compagnie des parents. Mais ce petit garçon en question, ne s'en souciait guerre. Le pire, la police n'avait jamais trouvé le coupable de ce crime. Ni la petite fille.

  -Et comment s'appelait ce petit garçon ?

  -Et bien, pour te dire, il s'appelait Guillaume.

  -Comme toi ?

  -Oui, ma chérie. Comme moi.

  -Et concernant la magie ?

-Et bien justement, il y avait en ce temps-là, une petite fille qui avait des sortes de pouvoirs. Elle laissait répandre diverses formes et dessins depuis ses mains. Aussi, elle avait le pouvoir de guérir certaines blessures. De plus, quand une lumière dorée brillait au fin fond de la forêt, ça ne pouvait-être qu'elle. Elle était mystérieuse. Elle avait le même âge que Guillaume. Et tu sais comment ça se présentait quand elle pleurait ?

-Non ?

-Et bien, elle pleurait des larmes dorée et brillantes. Elle brillait comme un ange. Mais avant de continuer à te parler d'elle, il faut d'abord que je te parle encore de Guillaume. Au début il était vraiment très malheureux.

Lorsqu'il avait 9 ans, ses parents allaient divorcer. Il n'allait plus jamais revoir son père. Car lui, ne voulais plus les voir non plus. Sa mère avait tellement de chagrin ! Quant à lui, c'était pire encore. A la fin de l'automne, le jour où son père est parti, Il s'est réfugié dans sa cabane et il a pleuré très fort. Cela a duré pendant quelques semaines. Son père,… lui qui a toujours tout fait pour Guillaume, a décidé de le quitter. Il était très proche de lui et puis du jour au lendemain, il est parti, loin de chez eux et les a oublié. Le chagrin qu'il refoulait n'en finissait pas…

Pendant l'une des nuits où il n'arrivait pas à dormir, il s'est levé de son lit sans s'habiller chaudement. Il était sorti dehors en pyjama accompagné de pantoufles chaudes et confortables. Il marchait dans la neige à travers les bois. Il adorait sentir la fraîcheur de l'hiver. Après 1 heure, il était arrivé à sa cabane. Il y est monté sans regarder en bas et a ouvert la trappe pour s'introduire à l'intérieur. Il a rejoint son grand lit confortable et chaud qui se trouvait tout près de la fenêtre. Il s'est emmitouflé dans son épaisse couette qui réchauffait son corps. De la fenêtre, il pouvait apercevoir les flocons tomber délicatement, les arbres ainsi qu'une faible lumière brillante et dorée provenant de très loin.

Guillaume s'est levé pour voir cela d'un peu plus près. La lumière brillait comme un spectre dans l'obscurité en laissant répandre des rayons. C'était très beau mais effrayant à la fois. Il a voulu se recoucher en espérant rencontrer un ami qui viendrait le serrer dans ses bras et le consoler. Mais ce n'est pas arrivé dans l'immédiat. Il a pris la photo de son père et il l'a serrée tout contre lui alors que ses larmes tombaient sur ses yeux souriant avant de couler le long de sa joue photographié. Il tremblait puis a fini par s'endormir…

Guillaume est rentré à la maison vers 8 heures alors que sa mère l'attendait à la table de la salle à manger. Elle le regardait de ses yeux perçants et sévères

-Où étais-tu passé ?!

Il hésitait à répondre.

-Je suis allé à ma cabane.

-Tu ne te rends pas compte de la nuit que tu viens de me faire passer Guillaume ?! Je ne savais même pas où tu étais ! J'ai cru qu'il t'était arrivé quelque chose ! Je ne veux pas que tu t'aventures tout seul dans les bois ! Ne me refais plus jamais ça t'as compris ?!

-Ce n'est pas la première fois que je le fais ! Et qu'est-ce que ça peut te faire de toute façon ?!

-Ecoute, chéri, je sais à quel point c'est dur pour toi depuis que ton père est parti. Mais ce n'est pas la raison pour ressasser le passé sans arrêt !

-Je regrette mais je n'ai pas envie de l'oublier.

-Non, je sais, c'est plutôt lui qui nous a oubliés…

-Comment tu peux dire une chose pareille ?!...

-Il ne nous a jamais aimés. Il a préféré partir à tout jamais sans qu'on sache ce qu'il lui est arrivé…

-Arrête de dire ça, c'est faux !

-Pourtant c'est la vérité, il a toujours voulu nous abandonner…

-CE N'EST PAS CE QUE PAPA VOULAIT !!!

Il a hurlé en fracassant une assiette et il est parti de la maison en claquant violemment la porte.

Après avoir couru longtemps dans les bois Guillaume a découvert un étang gelé. Il s'est assis en se recroquevillant et a sangloté. Il ne tremblait pas. Le jeune garçon semblait insensible au froid.

Un papillon doré et brillant d'étoiles jaunes est apparu à mi-hauteur de son visage. Il s'est posé sur ses mains. Ses ailes flottaient lentement laissant répandre une poussière étoilée. Il n'avait jamais vu cela de sa vie. Cet étrange papillon avait-il un lien avec la lumière qu'il avait aperçu ? Probablement. Il a volé jusqu'à sa joue et à ce moment-là, il ressentait un profond sentiment de soulagement et de bien-être. Le papillon s'est envolé au loin, de l'autre côté de l'étang. Il ne voulait pas qu'il s'en aille mais il supposait qu'il fallait qu'il continue son voyage. Et puis de toute façon, il n'y aurait eu aucun moyen de le rattraper.

Guillaume n'a pas adressé la parole à sa mère durant les 3 semaines qui ont suivi leur dispute et sa rencontre avec le papillon. Par un temps neigeux, alors qu'il marchait dans les bois pour apaiser son chagrin, il a de nouveau aperçu l'étrange lumière dorée un peu plus loin face à lui. Il s'en est approché. Elle faisait la même chose dans sa direction. Il a voulu s'arrêter. La lumière avait la taille d'une silhouette d'enfant comme lui. Il l'a regardée longtemps. Il y avait des millions d'étoiles dorées et le papillon était là à ses coté. La lumière et le papillon illuminaient la forêt sombre sous la neige tombante.

Soudain, il a vu une main ressortir de la masse étoilée. Il était pétrifié, émerveillé et tremblant d'émotion. Surtout de tristesse alors que ses larmes coulaient. Il hésitait même à la toucher. Mais il l'a fait. Il a levé lentement sa main en sanglotant vers celle de la lumière alors qu'elle murmurait d'un son mélodieux : « Viens-là… » Il sentait la douceur et la chaleur de la paume. Cette sensation a provoqué un apaisement car il avait peur. Il se sentait seul, très seul. Il sanglotait de plus belle alors qu'une autre main a fait son apparition. Il s'était retrouvé blotti contre un autre corps qui lui murmurait : « Chhhht, ne t'inquiète pas, je suis là… je suis là pour toi. »

Il serrait le corps dans ses bras même si il ne savait pas qui c'était à part une lumière. Celle-ci s'est estompée petit à petit et a laissé apparaître une merveilleuse petite fille. Elle était magnifique ! Elle avait des longs cheveux dorés comme la robe qu'elle portait. Ses pieds ne portaient pas de chaussures ni de pantoufles. Ils étaient nus. Il a voulu s'en éloigner. Elle le regardait.

-Comment tu t'appelles ? a-t-elle demandé.

-Guillaume. Et toi ?

-Je m'appelle Suzanne.

-Tes parents ne sont pas avec toi ?

-Je suis toute seule.

-Pourquoi ?!

-Peu importe. Tu veux que je reste avec toi ?

Il a hésité à répondre.

-Oui… oui s'il te plaît. Reste avec moi.

-D'accord. Il faut qu'on trouve un endroit pour te réchauffer, t'as l'air gelé.

-J'ai une cabane dans les bois.

-D'accord, viens…

Elle a levé son manteau pour qu'il s'y réfugie afin de rester auprès d'elle. Il a même vu qu'elle était nue en dessous. Mais alors comment faisait-elle pour supporter le froid ? Lui, arrivait à le supporter mais cela ne durait pas non plus des heures. Alors il s'est précipité vers elle. La jeune fille l'a couvert de son manteau chaud et ils ont marché à travers les bois en direction de sa cabane pendant que la lumière recommençait à briller sur eux.

Ils se sont assis tous les deux sur le grand lit où ils ont passé tout leur temps à parler.

-Et toi, où sont tes parents ? A demandé la petite fille.

Guillaume a sentis les larmes lui monter aux yeux.

-Ma mère vie juste à l'entrée de la forêt. Quant à mon père,… Il nous a oubliés.

Suzanne a levé les sourcils tristement.

-Il est parti avant que l'hiver ne commence. Je n'arrive pas à le digérer. Je ne peux pas l'oublier. Car il a tout fait pour moi… De plus, j'ai toujours été quelqu'un de solitaire,… sans aucun ami… Ce genre de chose m'a toujours rendu malheureux…

-Eh… eh… écoute,… je suis là moi si tu as besoin.

Suzanne a séché les larmes de Guillaume de ses doigts et l'a embrassé sur la joue. Le papillon s'est posé entre eux deux sur la couette.

-Je te présente Etoile. C'est mon papillon. C'est lui qui me guide.

-Il te guide ? Où ça ?

-Il veut m'emmener dans un endroit merveilleux où la magie existe.

-Comment s'appelle cet endroit ?

-Forgotten.

-Forgo… quoi ??

-C'est un monde imaginaire où se trouve la rivière des larmes dorées. C'est le monde de l'oubli.

-La rivière des larmes dorées ?! Qu'est-ce que c'est ?

-C'est une rivière qui apporte du bonheur. En gros c'est une cascade de couleur dorée. Chaque personne qui s'engouffre à l'intérieur, débute un long voyage merveilleux pour l'éternité. Ce voyage est tellement magnifique qu'on en pleure des larmes dorées. C'est l'effet que produit la cascade. Tu flottes comme dans les nuages, tu te sens apaisé.

-A quoi ressemble le voyage en lui-même ?

-Je peux te le montrer, tu verras par toi-même…

-D'accord.

Suzanne prononçait de belles formules à voix basse. Guillaume n'arrivait pas à comprendre le langage ni le sens de ses mots. Elle exposait ses mains de façon à contempler l'au-delà alors qu'une nuance dorée apparaissait sur chacune des paumes. Par la suite, ces nuances ont créé plusieurs formes comme des oiseaux, des papillons, des fées, des licornes volantes et des Phoenix. Toutes ces formes partaient de la main gauche pour former un arc-en-ciel avant de rejoindre la main droite. Guillaume était fasciné par cette mystérieuse magie. Un cercle s'est formé au centre de l'arc-en-ciel qui laissait percevoir un autre monde. Un monde différent de la réalité. Etoile, le papillon s'est posé sur le cercle magique en battant légèrement de ses ailes en or, laissant retomber de la poussière de fée à l'intérieur du cercle qui a donné l'image de la cascade. Guillaume pouvait presque la toucher mais malheureusement c'était juste des images fantomatiques. Le monde était bordé de fleurs de toutes les couleurs. Certains paysages étaient enneigés. Le ciel était d'un bleu foncé surprenant et immaculé d'étoiles. Les Phoenix volait à travers les arbres vivants. Les flocons tombaient, des plantes et d'autres décors gigantesques vivaient, des fantômes méconnaissables flottaient dans l'air du vent. La neige d'un bleu aussi claire que le paradis était agrémentée de paillettes. Un poisson rouge enfermé dans une bulle parcourait le champ de fleurs et la mer de miel des bois. Toutes ces représentations offraient à Guillaume une étrange expression de joie intense. Mais le plus fascinant était la cascade et la rivière. Il n'avait qu'une seule envie, suivre Suzanne dans ce monde merveilleux. Tous ces décors se sont estompés lentement avant de disparaître dans un voile de flammes qui se sont décomposé ensuite comme des braises.

-Suzanne c'est… c'est tellement extraordinaire ! C'est tellement beau !

-Le voyage à travers la rivière est encore beaucoup plus beau. J'aimerais la rejoindre.

Guillaume s'est remis à pleurer en s'emparant des mains de Suzanne.

-Je veux venir avec toi ! Suzanne s'il te plaît. Je me sens tellement malheureux !

-Ne t'inquiète pas Guillaume… Je serais toujours là… Je serais à tes côtés… Quoi qu'il arrive… quoi qu'il arrive… quoi qu'il arrive… ive… ive… ive…

Suzanne a disparu à l'instant où elle caressait la joue de son nouvel ami. Elle était comme aspirée par le vent telle une aurore boréale qui se volatilisait lentement à travers la poussière magique. Sa voix continuait à résonner dans le vent hivernal qui ressemblait à celle d'un esprit.

Guillaume regardait autour de lui dans les moindres recoins mais ne trouvait Suzanne nulle part. Le seul élément qui restait d'elle était son compagnon, Etoile qui volait vers la fenêtre entrouverte avant de disparaître lui aussi. Le petit garçon s'est couché et a pleuré une bonne partie de la nuit avant de s'endormir profondément.

Au matin, il s'est réveillé en regardant par la petite fenêtre les profondeurs de la forêt alors que le vent balançait les branches faisant tomber la neige. Il s'est mis en position assise en regardant le plancher puis les murs de sa cabane l'air déprimé. Il se demandait quand il allait revoir Suzanne. L'idée de ne pas la revoir l'angoissait fortement. Son père lui manquait atrocement. Au bout d'une heure, il a pris un gros manteau qu'il gardait dans une petite armoire et est descendu de son arbre.

Le jeune garçon s'est aventuré plus loin, ce jour-là. Dans les profondeurs les plus obscures de la forêt ; carrément à l'opposé de sa maison et de sa cabane. Il a aperçu une vielle bicoque sinistre, sale, délabrée, mal entretenue et éclairée par une faible lueur dans le noir. A cet endroit, le ciel était toujours plus assombri. Des arbres morts entouraient la maison comme ceux dans les contes pour enfants. Ils étaient maculés de quelques corbeaux qui hurlaient. Leurs sons résonnaient aux alentours des bois. Il entendait également le martellement d'un pic-vert au loin, les cris d'un loup et d'un cerf. Guillaume n'avait qu'une envie, c'était rentrer chez lui. Mais d'un autre coté il voulait découvrir cette maison d'un peu plus près.

Il s'approchait de la bicoque à pas hésitants. Il évitait tout élément perturbateur lorsqu'il marchait sur une branche qui a cassé sur le coup sous un bruit assourdissant ordonnant à un oiseau de s'envoler à travers les arbres noir de la mort. Alors qu'il arrivait vers la porte d'entrée, Guillaume remarqua que toute la cabane était couverte de fines branches mortes qui serpentaient toute la surface de bois séché. A cette allure, la maison ressemblait à un cadavre. La seule chose à laquelle Guillaume pensait était des mains de squelettes qui pourrissaient et noircissaient après un millénaire. Ne voulant plus regarder, il a contourné la bicoque pour se retrouver dans le jardin de derrière. L'espace neigeux était large. Les arbres contournaient les bords en donnant l'impression d'avoir affaire à un cul de sac tellement ceux-ci se rapprochaient tout au fond. Au centre de ce grand espace, se trouvait un vieux puit en pierre.

Guillaume s'en approchait lentement, très lentement. Une fois au bord il regardait au fond mais il ne voyait rien d'autres que les ténèbres. On aurait dit qu'elles l'attiraient afin qu'il tombe tête la première dans les profondeurs de l'enfer sans même réussir à remonter. Le pire il se casserait même une jambe et mourrait de faim et de soif. On ne retrouverait jamais sa trace, ni son corps. Le puit était profond, très profond. De plus, Guillaume semblait entendre des voix basses et mélancolique provenant de trou noir : « Aaaaaide-mooooooi… Magiiiiiie… éphémèèèèèèèèère… Aaaamooooooour… non-éterneeeeeeel… …âââââââââââme… meurtrièèèèèèèèèèère… »

Guillaume tremblait de peur et de tristesse. Il savait que ces voix venaient d'enfants. Mais de qui ? Il ne le savait pas. Un corbeau a hurlé et il s'est retourné d'un coup face à la fenêtre qui donnait vue sur le jardin. Il avait l'étrange impression que quelqu'un l'observait. En l'espace d'une seconde, il crut voir un horrible visage. Guillaume s'est enfoui aussi loin qu'il le pouvait ; il courait aussi vite qu'il le fallait pour rejoindre sa maison.

Le jeune garçon s'est assis à la table du salon en attendant sa mère. Il fallait qu'il regagne sa confiance. Car il sentait bien que depuis le départ de son père, il n'y avait plus aucune affinité, ni même un brin de gentillesse entre eux deux. Guillaume s'éloignait de sa mère. Mais il voulait lui reparler, lui raconter son étrange balade jusqu'à la vielle maison abandonnée et de la découverte de cet abominable puits sans fond. Sa mère s'est présentée dans l'entrebâillement de la porte, les bras croisés.

-Il faut que je te parle, a-t' il affirmé.

-Ce n'est pas la peine ! Laisse-moi…

Guillaume s'est levé de table et est allé rejoindre sa cabane.

Une fois arrivé au pied de son arbre, il a aperçu sa nouvelle amie, la main posée sur le tronc qui le regardait.

-Suzanne !

Guillaume a sauté dans ses bras, il riait de joie et de soulagement.

-Je suis tellement content de te voir !

-Moi aussi, je suis heureuse de te voir. Allons dans ta cabane.

-D'accord.

Ils sont montés par l'échelle et ont rejoint le lit. Ils se sont engouffrés dans la couette.

-J'ai quelque chose à te dire.

-Qu'est-ce que c'est ? A demandé Suzanne.

-Je crois que ma mère ne m'aime pas. Je m'éloigne d'elle.

La petite fille s'est emparée des mains de Guillaume pour le rassurer. Mais du sang s'était mis à couler entre leurs doigts et sur le matelas. Suzanne a écarquillée les yeux lorsqu'elle a découvert que son ami s'était ouvert les veines. Guillaume a roulé sur le matelas (laissant une trainée de sang) et s'est effondré au sol. Affolée, Suzanne s'est précipitée vers lui. Les bras de Guillaume étaient imbibés de sang. La jeune fille pleurait. Mais elle ne pleurait pas des larmes ordinaires, non. Elle pleurait des larmes dorées et brillantes d'étoiles magiques. Elles tombaient sur les blessures du pauvre Guillaume. Lui qui est passé par tant d'épreuves difficiles ! Suzanne a serré le bras gauche de son ami contre sa joue et pleurait de tristesse. Ses larmes magiques se sont infiltrées dans sa blessure. Par miracle, elles se sont refermées, le sang a disparu et en l'espace de quelques secondes, ses bras étaient comme neufs.

-Guillaume, réveille-toi !

Rien

-S'il te plaît…

Guillaume a ouvert les yeux et s'est redressé l'air étonné.

-Qu'est-ce que tu m'as fait ?!

-Et bien… je t'ai guéri de tes blessures. Tu te vidais de ton sang.

-Je sais…

-Pourquoi est-ce que tu as fait ça ?

Il a hésité à répondre.

-Parce que ma vie est misérable. Je me sens trop nul…

-Tu n'es pas nul pour moi Guillaume… Au contraire…

Suzanne a approché ses lèvres vers celle du petit garçon et l'a embrassé tendrement.

-Tu es tout pour moi Guillaume… Tu es quelqu'un de généreux, de mignon, de sensible… et tu as énormément de qualités… Tu es mon ami… je t'aime, Guillaume…

-…Moi aussi, je t'aime… Suzanne…

Il l'a serrée fort. Etoile volait dans tous les recoins de la cabane toujours en laissant répandre sa poussière magique et allait jusqu'au plafond. Guillaume le suivait du regard.

-J'ai voulu parler à ma mère… elle n'a pas voulu m'écouter.

-Je suis désolée…

-J'ai vraiment l'impression qu'elle me déteste maintenant…

-Eh, ta mère ne te déteste pas d'accord ? Je suis sûre qu'elle te reparlera. Tu sais, elle aussi est sous le choc depuis le départ de ton père. Surtout peu avant Noël.

Soudain Suzanne a détourné les yeux, inquiète.

-Qu'est-ce qu'il y a ?

-Oh, rien… j'étais juste distraite ne t'inquiète pas. Mais au fait, qu'est-ce que tu voulais me raconter ?

-Je suis allé me promener au fin fond de la forêt et j'ai découvert une vieille bâtisse mal entretenue, il faisait très sombre. Je l'ai contemplée longtemps. Ça avait l'air vraiment inquiétant. Ensuite, je l'ai contournée pour passer à l'arrière. Et j'ai découvert un puits.

-Un puits ???

-Oui… Je m'en suis approché pour voir le fond… c'est là que j'ai entendu des voix.

-Des voix ??! Attends quoi ? Comment ça ?

-Je les ai entendues. Des voix d'enfants. Suzanne, qu'est-ce que tu as ?

-Qu'est-ce qu'elle t'ont dit ces voix ?

-Elles disaient : « aide moi, magie éphémère, amour non-éternel, âme meurtrière. »

-Quoi ?!!!

-Suzanne, t'as l'air affolé qu'est-ce qui se passe ?

-Est-ce que tu as vu quelqu'un ?

-…Oui… J'ai vu un homme. Je n'ai pas très bien distingué son visage mais tout ce que je sais c'est que l'aspect était horrible. Comme si il avait été brulé…

-Oh, mon Dieu…

-Alors je me suis enfoui. C'est de ça que j'ai voulu parler à ma mère mais elle ne m'a pas prêté attention… Maintenant je veux que tu me dises ce qui te tracasse.

Suzanne hésitait.

-Il faudra que je t'avoue un secret mais pas pour l'instant.

-Pourquoi ? Suzanne s'il te plaît, dis-le moi ! Je t'en prie ! J'ai besoin de savoir…

-Tu le sauras. Je te le promets. Mais il faut que tu sois patient. Car je ne suis pas prête à te le dire maintenant. Tu comprends ?

Guillaume a répondu d'un hochement de tête l'air triste. La petite fille a caressé sa joue alors qu'il lui a prit la main.

-J'ai peur, Suzanne. Je n'ai pas envie de me retrouver tout seul. Je n'ai que toi et je ne veux pas te perdre…

-Tu ne me perdras pas… a… a… a… a… a…, promit Suzanne en embrassant son ami alors qu'elle disparaissait en compagnie d'Etoile.

Deux jours plus tard, Guillaume s'est habillé chaudement pour retourner à la vielle maison de la peur alors que le soleil se couchait à l'horizon. La bâtisse était exposée au soleil couchant parmi les arbres. On aurait dit que les flammes de l'enfer encerclaient la forêt. C'était beau et effrayant à la fois.

Il voulait s'approcher de la bicoque alors qu'un coup de fusil de chasse l'a fait sursauter. Guillaume a hurlé de terreur en courant alors que les coups de feu s'acharnaient sur lui. Il a couru de plus en plus vite mais a trébuché contre une branche et est tombé en se cognant la tête contre une pierre. Il saignait. Un « PAN !» assourdissant a de nouveau rententi. Guillaume s'est relevé d'un coup et continuait à courir mais difficilement suite à la blessure de son pied. Un prédateur n'était pas loin et ne souhaitait qu'une chose, tuer sa proie. Le pauvre garçon était essoufflé pendant que d'autres coups de fusil ont failli le blesser gravement. Mais il y échappa de justesse. Il a réussi à s'enfuir.

Quoi qu'il en soit, il ne reviendrait pas de si peu… peut-être jamais. Peut-être que le tueur voulait tirer afin de le chasser de cette propriété. « C'est sans doute celui que j'ai aperçu la dernière fois. » S'est dit Guillaume, ce qui voulait dire que c'était le propriétaire de cet endroit. Sûr et certain ! Mais il ne se doutait pas que cet inconnu voulait le tuer. En tout cas, il l'a échappé belle…

De retour chez lui, Guillaume est allé dans sa chambre et a vu sa mère qui regardait par la fenêtre.

-Maman ? Ça va ? Est-ce que je peux faire quelque chose pour toi ?

Elle s'est tourné vers son fils en lui adressant un regard des plus noirs et a claqué ses talons furieusement en passant devant lui et en refermant violemment la porte.

-MAIS QU'EST-CE QU'IL FAUT QUE JE FASSE POUR QUE TU ME REGARDES ??!!!!

Guillaume ne savait plus comment réagir avec elle. C'était pareil dans l'autre sens. Noël approchait mais tout ce que désirait Guillaume était de partir très loin avec Suzanne dans le monde de l'oubli. Il ne reverrait plus jamais sa mère et peut être que ce serait mieux comme ça.

L'idée d'abandonner une mère est un choix très dur. Surtout de l'oublier à jamais. Mais à partir du moment où les parents ne sont plus à l'écoute de leurs enfants au point de ne plus les aimer, le choix devient moins difficile. C'est surtout lorsqu'on ne sait plus jamais revenir en arrière que l'on regrette... Nous le regrettons toujours... Guillaume espérait qu'il ne se tromperait pas...

Alors qu'il était encore tôt en cette matinée brumeuse, Guillaume ne dormait plus. Il se sentait tourmenté suite à la lâcheté de sa mère et au secret que Suzanne ne lui avait pas révélée. Il priait de toutes ses forces afin qu'elle revienne, qu'elle lui avoue ce qu'elle refoulait au plus profond de son cœur.

Il s'était retrouvé dans un champ. Une route de campagne se trouvait à plusieurs mètres devant lui. Un véhicule sombre roulait lentement sur le chemin de terre agrémenté de neige et de glace. On aurait dit que la personne qui se trouvait à l'intérieur inspectait les environs tellement le véhicule roulait lentement. Les phares étaient allumés.

« Elle est noire… C'est bizarre ! Je n'ai encore jamais vu cette camionnette… » S'est dit Guillaume.

En tout cas, il avait un mauvais pressentiment. Il repensait à la propriété abandonnée (ou du moins privée) et des coups de feu de la vielle. Y avait-il un lien ? C'était fort possible. Pour une fois, il a tenté de chasser ses idées de la tête et a continué sa route à l'endroit où était passée la camionnette. Il voulait la suivre mais ce jeune garçon ne se faisait pas avoir aussi facilement. Il se souvenait de la phrase que lui avait dite son père des années plus tôt : « Ne tente jamais de suivre les inconnus. Dans le cas contraire, tu mettrais ta vie en péril… Si jamais un jour, un étranger te propose de monter dans son véhicule pour soit disant te ramener à la maison, tu lui trouves une excuse et tu cours ! Ne te soucie même pas des conséquences qui l'entourent. Les étrangers ne sont jamais bon signe… » C'est pourquoi, au lieu d'emprunter le chemin où se dirigeait ce véhicule, Guillaume allait dans l'autre direction espérant ne plus le revoir… du moins pour l'instant…

Le jour suivant Guillaume s'est mis à la recherche de Suzanne. Il voulait la revoir. Il devenait fou à l'idée qu'elle ne se présente pas. Il est retourné à l'étang gelé espérant retrouver Etoile le papillon. Mais il n'y avait nul trace de celui-ci ni de Suzanne. Guillaume voulait traverser mais hésitait. Il a posé un pied pour sentir si l'eau gelé ne craquait pas sous son poids. Il a tapé plusieurs fois de suite sur la glace. Elle ne se brisait pas. Alors il traversa l'étang le plus lentement possible en faisant attention de ne pas glisser et de retomber sur la tête. Une fois arrivé au milieu il regardait derrière lui ; sa propriété se dressait à plusieurs mètres derrière. Il continuait son patinage vertigineux en faisant des gestes à l'aide de ses bras afin de garder l'équilibre.

Il s'était retrouvé sur la neige. Il était soulagé de ne pas avoir péri dans les profondeurs glacées sans même pouvoir remonter à la surface. La glace aurait été son cercueil. Il n'aurait sûrement pas retrouvé le trou dans lequel il serait tombé. Mais il y était arrivé. Il s'est mis à courir avec le grand espoir de retrouver son amie.

-SUZAAAAAANNE !!! Hurlait-il. Elle ne répondait pas.

Guillaume continuait sa course dans la forêt lorsqu'il a trébuché et s'est retrouvé face à deux vieilles bottines. Il a levé la tête et s'est ensuite rendu compte qu'il ne s'agissait pas de simples bottines vulgaires mais d'une longue silhouette élancée avec une tête allongée dont la partie droite du visage était affreusement brulé. C'était un grand homme chauve au regard perçant.

Le jeune garçon s'est relevé, a porté une main à sa bouche l'air effrayé et a reculé de trois pats. Son cœur battait la chamade à tout rompre. Il avait du mal à reprendre son souffle et de retrouver son calme.

L'homme esquissait un sourire menaçant. Ses dents étaient pointues. Il devait avoir environ 60 ans.

-Je peux savoir ce que tu viens faire ici jeune homme ? A-t-il demandé d'une voix grave et caverneuse.

-Je… je… rien… rien… Je me promenais c'est tout…

Le grand homme s'est agenouillé dans la neige et a posé ses grandes mains sur les épaules de Guillaume. Celui-ci tremblait tellement qu'il a faillit s'évanouir.

-Alors comme ça tu aimes te promener la nuit si je comprends bien ? Surtout par un temps froid, neigeux et glacial… Même en pleine journée… Laisse-moi deviner, tu essaies de m'espionner, n'est-ce pas ?

-N… non…

-Ha, ha, ha, ha, ha,… tu es sûr ? Je ne sais pas pourquoi mais j'ai vraiment l'impression que tu me caches quelque chose… et que tu cherches à obtenir des réponses.

Guillaume a fait « non » de la tête l'air apeuré. L'homme au visage brulé a souri méchamment.

-Pourquoi as-tu traversé l'étang tout seul ?...

Guillaume n'a pas répondu.

-J'ai demandé, pourquoi as-tu traversé l'étang tout seul ?!...

-Je... je ne sais pas monsieur...

-Ah... d'accord, a dit l'homme en se relevant. « Très bien... Je ne sais pas si tu connais l'histoire du grand méchant loup. C'est comment déjà le nom de la petite fille qui voyage seule dans les bois pour trouver un remède pour sa grand-mère ? Ah oui, le petit chaperon rouge ! C'est ça... Donc elle se retrouve toute seule au beau-milieu d'une forêt sinistre. Et tout ce qu'elle fait, elle, c'est cueillir des fleurs mais... le loup apparaît et la dévore d'un seul coup... Ho, ho, ho, ho... Quel horrible conte enfantin... Et par la suite, le loup s'introduit chez la grand-mère en se faisant passer pour sa petite fille adorée et la dévore elle aussi. Deux personnes tout à fait innocentes englouties dans le ventre de la bête, HA, HA, HA, HA !!!

Guillaume a sursauté en gémissant.

-Je ne connais pas l'histoire par cœur ni la fin mais c'est à peu près ça non ? Si ça tombe, le loup a continué sa vie au fin fond des bois pour une longue période de bonheur. Quoi qu'il en soit, il les a sûrement bien digérées avant de recommencer plusieurs fois de suite quand ça lui chante !...

-Vous vous trompez… vous ne connaissez rien à l'histoire. Les chasseurs ont retrouvé le loup, ils lui ont ouvert le ventre et ont sauvé la grand-mère et sa petite fille. Après quoi, le loup est tombé dans la rivière et s'est noyé. La grand-mère a été guérie et elles ont vécu heureuse toutes les deux…

L'homme devenait plus menaçant que jamais. Il a empoigné Guillaume par le col de son manteau et la soulevé jusqu'à son visage. Il tremblait de plus belle.

-Tu ne me connais pas encore assez pour me corriger comme tu le fais, sale enfant de malheur !

-Monsieur, a supplié Guillaume en pleure. « Vous me faites peur… »

-mais tu as toutes tes raisons mon enfant… C'est pourquoi je veux que tu t'en aille !

Il l'a relâché. Guillaume s'est effondré en se foulant la cheville.

-Aujourd'hui ce n'est qu'un avertissement. Et c'est la dernière fleure que je te fais… Mais si jamais tu remets encore une seule fois les pieds sur ma propriété, je te jure que je n'hésiterais pas à te trancher la gorge comme un porc !... Et après,... je balancerai ton corps dans mon puit !

Gagné par l'angoisse et la terreur, Guillaume s'est relevé.

-Vas-t-en de là !

Il a trottiné vers l'étang.

-Ah oui, au faite…

L'enfant s'est retourné alors qu'une balle a traversé sa hanche sous un « PAN ! » assourdissant. Le jeune garçon hurlait et s'est effondré sur la glace.

-Rentre bien à la maison ! affirmait le grand monsieur puis il s'en est allé.

Guillaume gisait en partie sur la glace et sur le rebord neigeux sous des spasmes douloureux… Quand tout est devenu noir…

-Guillaume… Guillaume…

C'était la voix de Suzanne. Celle-ci a fait ramener son ami à la réalité.

-Oh, mon Dieu j'ai eu si peur ! S'est-elle écriée en serrant le garçon dans ses bras. Ses yeux laissaient s'écouler les larmes brillantes et dorées. Guillaume s'est redressé en tâtonnant de ses mains ses hanches à la recherche de son immonde blessure.

-Mais…

-N'aie crainte, je t'ai guéri. Je t'ai trouvé inconscient au bord de l'étang ; je t'ai amené ici, dans ta cabane. Tu n'as plus à avoir peur. Mais dis-moi, Qu'est-ce que tu fabriquais Guillaume ?

-J… je… je suis parti à ta recherche. J'avais besoin de toi. Mais je suis tombé sur quelqu'un d'autre. C'était un homme.

-Quel genre d'homme c'était ?

-Il était grand, avec des habits sombres et le pire, il avait la moitié du visage atrocement brulé…

Suzanne a eu un hoquet de frayeur.

-Il m'a prévenu que si je remettais les pieds sur sa propriété, il me tuerait… C'est horrible je ne me sens plus en sécurité ici…

La magnifique jeune fille a effleuré la main de son ami pour le rassurer.

-Ecoute Guillaume, il faut que je t'avoue quelque chose… Et ça sera très dur à entendre, je te préviens, alors écoute moi. Je ne suis pas réelle Guillaume.

-Quoi ?

-Il y a quelques années, un homme justement, a causé plusieurs victimes… Il a tué des enfants… comme toi et moi… Cet homme voyageait partout pour y trouver une petite fille. Et son voyage pouvait même durer plusieurs jours. Et dès qu'il trouvait une victime, il l'attirait vers lui en lui faisant croire qu'il avait des bonbons. C'est à ce moment-là qu'il les embarquait dans sa camionnette noire. Il les a emmenés chez lui à quelques pas d'ici. Chaque enfant qui découvrait sa maison sentait leurs rêves, leurs bonheurs et leurs vies s'écrouler. Car pour te dire, cet homme les battait, les torturait et les violait brutalement… Par la suite, il les tuait en leur tranchant la gorge. Parfois, les victimes ne mouraient pas suite à cela, alors il leur mettait une balle dans la tête et pour finir, il balançait les corps dans son vieux puits en effaçant toute trace derrière lui… C'est… c'est ce qui m'est arrivé Guillaume… La fille que tu vois en face de toi, n'est qu'un fantôme, un esprit venant d'une autre vie… Je suis morte Guillaume… Tu te demandes sans doute pourquoi je n'apparais pas toujours quand tu le désires ou quand tu me cherches, tu te demandes pourquoi je fais apparaître des choses que les autres ne peuvent pas voir, tu te demandes pourquoi je deviens une lumière dorée quand je me promène dans les bois, et bien justement c'est parce que je suis une larme dorée de l'au-delà, de Forgotten…

Guillaume pleurait.

-Suzanne !

-Je vais te montrer ce qu'il s'est passé le jour de ma mort. Je veux que tu connaisses la vérité.

La petite fille écartait ses mains pour faire apparaître les différentes formes dorées afin de former le cercle. Son papillon s'est posé dessus.

A l'intérieur, il y avait le monde de Forgotten qui défilait de plus en plus vite jusqu'à ce que Guillaume aperçoive Suzanne, habillée d'une robe en or. Un papillon de la même couleur que sa robe s'est posé sur sa main avant de s'envoler à nouveau vers l'immense forêt.

-Suzanne ?! Ne t'éloigne pas trop ma chérie, avait crié sa mère depuis la cuisine.

Mais la jeune fille continuait sa promenade. Elle trottinait afin d'atteindre le papillon. Il neigeait ; c'était la veillée de Noël. Il faisait sombre. Le brouillard entourait les bois. Le papillon continuait son voyage à travers les flocons. Suzanne tendait la main pour l'attraper mais n'avait aucune chance. Chaque fois, il lui échappait.

Sa course avait duré quelques minutes avant qu'elle n'atteigne une route de terre blanchie par la neige. Un corbeau la fixait du regard alors qu'elle entendait le bruit d'un véhicule qui l'a fait partir. Elle sentait le bruit se rapprocher de plus en plus. Le papillon flottait dans l'air. Une camionnette noire a fait irruption à travers la brume dont les phares éclairaient légèrement. Elle s'est arrêtée et la porte du conducteur s'est ouverte.

Un grand homme mince dont on ne voyait pas le visage en est sorti et s'approchait à pas prudent vers la petite fille qui était au bord de la panique. Il a chassé le papillon d'un geste de la main avant de lui tendre un sucre d'orge à la fraise.

-Viens, mon enfant. Tu n'as pas à avoir peur. Je suis le père Noël. J'ai beaucoup de cadeaux à t'offrir en plus. Ils sont tous dans ma camionnette. Apparemment, tu aimes les papillons ? J'en ai plein en réserve. Prends ce sucre d'orge, il est pour toi, ma chérie.

Le calme et le silence régnait pendant que Suzanne s'approchait de lui à pas de souris.

-Viens-là, mon cœur.

Le grand bonhomme masqué l'a pris dans ses bras en lui donnant la petite canne qui servait de sucette et l'a emmenée à l'arrière du véhicule. Il a ouvert les portes laissant apparaître un vide total, sinistre et miteux.

-Mais... où est-ce qu'ils sont les cadeaux ?

C'est à ce moment-là que Suzanne a perdu connaissance...

La petite fille s'est réveillée dans une cave humide en pierre dure. Elle avait reçu un coup à la tête. Elle saignait. Des chaines entravaient ses poignets et ses chevilles. Ses pieds étaient nus et couverts de crasse et de suie. Le bas de sa robe en or était maculé de terre noire. Sa chevelure était décoiffée. Du sang coulait au coin de sa lèvre comme si elle avait été violemment giflée. Suzanne s'est rendu compte qu'elle était coincée derrière les barreaux sans même avoir à manger ni à boire. Elle était piégée dans ce trou à rat depuis quelques jours. Il n'y avait aucun moyen de s'échapper. C'était comme s'il elle s'était fait prendre dans un piège à rat sans même avoir le moyen de continuer à vivre alors qu'on devrait l'achever. Mais celui qui allait l'achever était cet homme qui a révélé son vrai visage et sa vraie nature devant la cage. Un homme au visage à moitié brulé ; affreusement brulé. Guillaume l'a tout de suite reconnu. Suzanne hurlait de terreur, d'angoisse et de désespoir.

-Bonjour m'a chérie. Alors, tu as vraiment su qui était le père Noël, hein ? Je t'ai amené une copine pour jouer avec toi. Profites-en bien. Car ma prochaine victime,... ce sera toi !

Il a ouvert la grille et a expédié une autre petite fille à l'intérieur.

-Joyeux Noël, putain de mômes ! A-t-il crié en remettant le cadenas sur la grille.

Il y a eu un calme inquiétant. L'autre fille était effrayée.

-Co... comment tu t'appelles ?

La voisine de Suzanne a levé les yeux bordés de larmes.

-Clarisse...

-Moi, c'est Suzanne... Ne t'inquiète pas je suis là. Je suis avec toi. Courage ! On va s'en sortir... d'accord ?

-Le père Noël va venir nous sauver ?

124

-...Il n'y a pas de père Noël... je suis désolé...,
a dit Suzanne au bord des larmes.

La petite Clarisse s'est effondrée en pleure
dans les bras de Suzanne. Elles sanglotaient
toutes les deux l'une contre l'autre.

Quelques heures plus tard alors que le soir a
fait son apparition, les deux filles ont fait
connaissance :

-Quel âge as-tu Clarisse ?

-7 ans... et... toi ?

-J'en ai 9...

-Comment tu t'es retrouvée ici ?

-J'ai suivi un papillon et je me suis éloignée
dans les bois...

-Et après ?

-Robert Fire est arrivé...

-C'est comme ça qu'il s'appelle ?

-Oui. Il s'est fait passer pour le père Noël et
puis il m'a embarquée... Quand je me suis
réveillée, j'étais ici...

-Qu'est-ce qu'il s'est passé ensuite ?

-...Il m'a battue violemment.

-Je... je... Je ne veux pas rester ici. Aide-moi.
T'es une princesse. T'as une robe en or. Tu peux
faire apparaître des pouvoirs magiques, changer
le mal en bien. Où est ta baguette ?

-Je... je n'ai pas de baguette magique, Clarisse...

-Mais...

-Je suis désolée... tout ce que j'ai c'est ça...

Elle lui a tendu un collier en or orné d'un papillon. Clarisse le contemplait avec surprise.

-Wouah... Je suis sûre que tu peux nous sortir d'ici grâce à ça.

-Non... non... c'est juste une chaine ordinaire. La vie n'est pas un conte de fée, Clarisse. La magie n'existe pas. Nous sommes condamnés à périr dans cette cruelle réalité.

Désemparée, Clarisse a laissé choir le collier sur le sol en perdant tout espoir de vivre. La lumière du soleil couchant laissait éclairer son visage triste et ses larmes depuis la trappe qui se trouvait au-dessus d'elles. Elle était scellée par un grillage.

Lorsque la nuit est apparue, les deux filles, s'étaient endormies. L'homme au visage brulé est revenu en les réveillant brutalement. Il s'est emparé de la pauvre petite Clarisse. Elle hurlait. Suzanne a attrapé sa main pour la ramener vers elle. C'est avec regret que la chaine de l'amitié *s'est brisée au moment où il l'a emmenée hors de la cave.*

Suzanne entendait les cris à l'étage ainsi que des fracassements, des effondrements et les coups portés par Robert. Et le pire dans tout ça, les grincements d'un vieux lit pourri perçait les tympans de la jeune fille. Elle s'est bouché les oreilles en se blottissant pour se balancer d'avant en arrière tel un une grand-mère tricotant une écharpe hivernale pour son petit-fils.

Le destin de Clarisse était piégé entre les griffes d'un malade mental et Suzanne savait qu'il n'y avait aucun moyen d'échapper à cette mort tragique et douloureuse. Elle s'est évanouie…

Le lendemain soir, Suzanne mourrait de faim et de soif. Elle était tellement faible qu'elle s'était couchée sur le sol. La seule chose qu'elle faisait, s'était de d'admirer tristement son papillon en or qui lui servait de collier lorsque ses larmes perlaient. Elle ne bougeait presque plus. Alors qu'elle s'apprêtait à s'endormir, le chasseur d'enfant est revenu en délivrant Suzanne pour l'emmener de force au rez-de-chaussée.

-NON ! PITIE !! NON !!! LACHEZ-MOI !!! MAMAAAAAAN !!!

Robert a traversé le salon miteux aux rideaux jaunâtres et déchirés. Toutes les pièces de sa maison étaient encombrées d'ordures, de vieilleries, de crasse et d'instruments de torture.

La jeune fille s'était mise à vomir sur sa robe. Son vomit avait l'aspect des sécrétions d'esprits frappeur. C'était vert ; un vert horrible comme l'ectoplasme d'halloween. Une couleur verte due à l'angoisse et la peur.

Robert a ouvert la porte de sa chambre dont celle-ci ressemblait à un brasier noir de suie aux murs crasseux et séchés. Une faible lueur jaune ornait le plafond.

Robert a expédié la jeune fille sur son lit. Les ressorts se sont mis à grincer. Il l'a vulgairement déshabillée en lui infligeant des coups de poings sur son visage délicieux. Du sang a coulé sur le vieux lit alors que ce fou dangereux l'empoignait par la gorge. Il a soulevée Suzanne par-dessus la paroi de bois. La pauvre petite fille regardait son agresseur horrifiée. Ses larmes coulaient allant rejoindre le poing serré à son cou. Puis il y a eu *la gifle ; une gifle violente, malsaine et horriblement douloureuse. Elle est retombée, inconsciente sur le matelas.*

Après lui avoir enlevé sa culotte, la pénétration a commencé. Suzanne se débattait avec affolement dans une expression de mort prématurée. Le mouvement de va et vient continuait de plus en plus fort, de plus en plus vite et de plus en plus douloureux. Du sang inondait le lit et l'entrejambe de la jeune fille. Elle hurlait d'une terreur infiniment mortelle. Elle hurlait… hurlait… hurlait !!! Jusqu'à ce qu'elle ne sache plus émettre le moindre cri.

Quand c'était terminé, le violeur s'est emparé d'un couteau tranchant pendant que Suzanne reposait dans son propre sang, à peine consciente. Il l'a pris par les cheveux. La petite regardait son agresseur avec effroi.

-Non, pitié… a-t'elle supplié d'une voix rauque et cassée. Mais il était trop tard, car Robert lui a tranché la gorge d'un coup sec tel un boucher s'acharnant sur a viande. Le sang éclaboussait son visage brûlé. Il dégoulinait sur le corps de la victime maintenant morte.

Le tueur se dirigeait vers son vieux puits en compagnie du corps de Suzanne. La pauvre fillette avait des bleus et des fractures ouvertes. Tout son corps était couvert de sang, de crasse et de suie et ses cheveux étaient dans un état pitoyable. Robert a regardé sa victime une dernière fois.

-Bonne nuit, ma chère et tendre Suzanne, a-t-il affirmé d'un ton amer. C'est alors qu'il a balancé le corps de la jeune fille dans son puits en compagnie des autres enfants qu'il avait tué et qui étaient déjà en squelette ou en décomposition. Après cela, il a nettoyé toutes les traces de son crime, de son acte irréparable.

Les parents n'ont jamais retrouvé leur fille malgré toutes les recherches et les témoignages.

Suzanne reposait maintenant au fond du puit de son agresseur alors que le monde de Forgotten a fait surface...

L'image s'est estompée dans les flammes magiques. Guillaume était affreusement choqué, triste, apeuré et détruit à l'intérieur de lui-même. Il pleurait.

-Non… non… pourquoi ?... mais pourquoi ?!!
NOOON !!!... POURQUOI ?!!! Hurlait-t-il en
prenant Suzanne dans ses bras.

-Chuuuut… là, calme-toi, mon cœur… calme
toi.

Les larmes de la jeune fille coulaient le long de
ses joues.

-Je sais que c'est difficile, mais tu ne peux rien
y faire Guillaume…

-Si, je vais le TUER !!! JE VAIS LE TUER !!
QUELLE ORDURE !!!

-Tu ne peux rien y faire…

-Bien sûr que si !! Il mérite de crever !!!
Demain, j'irai à sa recherche et je le tuerai !!!

-Guillaume !... les choses ne sont pas aussi
évidentes… Je sais à quel point c'est injuste.
Mais tu ne peux pas t'en prendre à lui.
Pourquoi ? Parce que tu t'attirerais les pires
ennuis. Et si tu le tues, je disparaîtrai à jamais…

-Attends, quoi ?! Je ne comprends pas là…

-Si tu tentes quoi que ce soit sur lui, tu me
perdras. Car je lui appartiens. Mon âme lui
appartient. C'est au moment où il m'a tuée que
j'ai commencé à lui être léguée. Quand une
personne malfaisante tue une victime, elle lui
appartient. C'est lié. Si tu le tues, il emportera

mon âme avec lui. Je m'éteindrai et il ne restera plus qu'une flaque de sang...

-Je ne veux pas te perdre Suzanne ! Tu es plus qu'une amie pour moi. Reste avec moi je t'en supplie !!

-Calme-toi, a dit Suzanne en embrassant son ami. « Je serai toujours avec toi. Je te le promets. »

Mais Suzanne n'était as rassurée. Elle regardait son papillon sur la fenêtre de la cabane alors que ses larmes magiques continuaient à ruisseler.

-Je peux faire quelque chose pour te remonter le morale. Je peux t'emmener à Forgotten... maintenant.

-OH, j'aimerais tellement !

Suzanne s'est concentrée. Elle a fermé les yeux en prononçant des formules que Guillaume ne connaissait toujours pas.

-Hay helpagumm del mondia dah bannis... hay helpagumm del mondia dah bannis... hay helpagumm del mondia dah bannis... hay helpagumm del mondia dah bannis...

Sa voix allait de plus en plus fort. Elle y mettait plus d'intonation. Guillaume voulait comprendre le sens de ces mots mais Suzanne l'a repoussé. Le jeune garçon a été projeté contre le mur d'en face. Il regardait son amie avec fureur à l'instant où celle-ci s'est mise à briller comme elle n'avait jamais brillé auparavant. Les flammes magiques ornées de poussières de fées ont faits leurs apparitions autour de la jeune fille.

-Suzanne !…

Mais la fille ne l'entendait pas.

-Hay helpagumm del mondia dah bannis !!...

Etoile s'est posé sur le bout de son nez en déployant ses ailes dorées.

-Vénos u hay !... FORGOTTEN !!!

Elle a ouvert

les yeux. D'un coup, elle s'est levée en dégageant toute la magie qu'il y avait en elle. Une gigantesque boule de flammes non brûlante grossissait, grossissait, grossissait en laissant répandre des rayons de lumières à travers les fenêtres de la cabane. Elle passait à travers les parois de bois en l'enveloppant, enveloppant Guillaume et Suzanne, enveloppant l'arbre en entier puis la forêt puis l'étang puis tout le village. Tout était exposé dans la lumière aveuglante qui s'élevait de plus en plus vers le ciel. Suzanne inclinait la tête vers l'arrière, les jambes et les bras écarté comme une étoile sortant d'un conte de fée. La boule magique grossissait de plus en plus au-delà du village jusqu'au ciel en entourant la couche d'ozone et la terre entière. Celle-ci avait triplé de volume n'étant plus que la réplique exacte du soleil mais en différent. Tout le monde s'en est rendu compte. La mère de Guillaume est sortie de chez elle en courant dans les bois pour rejoindre la route en contemplant les surplombantes étoiles filantes s'élever vers le ciel jaune en formant un point bleu marine au centre. Tous les habitants du village sont sortis de chez eux l'air abasourdi et un peu effrayé en regardant avec étonnement le ciel doré qui couvrait tout. Certains même le montraient du doigt.

-Suzanne !!! Hurlait Guillaume.

La petite fille avait toujours la tête levée vers le ciel en tournoyant sur elle-même sous une merveilleuse mélodie. Et ça continuait jusqu'à ce que la boule enveloppant la terre et brillant dans l'infini s'est mise à exploser !

Guillaume s'est redressé. Autour de lui s'étendait un monde différent du sien. Un monde merveilleux où le ciel avait une couleur différente à certains endroits. Bleu ciel puis bleu foncé puis rose et enfin doré et bordé d'étoiles. Il s'était retrouvé sur le sol au pied de son arbre. Il regardait le magnifique paysage qui s'étendait au-delà des prairies bordées de fleurs. Il le contemplait avec tendresse et d'une joie si intense que ses jambes flageolaient. Des papillons de toutes les couleurs volaient vers le soleil. Toute la terre avait été transformée. A l'opposé, se trouvait la mer de miel des bois. Le vent soufflait sur les vagues sucrées. Guillaume s'en est approché à pas lents. Le sable n'était autre que de la neige bleuté agrémenté de paillettes. Etoile est apparu. Le garçon a tendu les deux mains afin que celui-ci se pose dans ses paumes. Mais au lieu de cela il s'est posé sur son nez. Il a suivi le papillon jusqu'au bord du miel. Il en a pris dans ses mains et a bu à grandes gorgées. Submergé par cette sensation, Guillaume voulait en reprendre tellement il avait trouvé cela délicieux. Ce précieux liquide l'apaisait, il le rendait heureux. Etoile parcourait la plage et rejoignait les vallées encombrées de verdures. Guillaume s'est mis à courir mais le papillon allait de plus en plus haut. Mais entre ces deux vallées où demeurait la lumière de l'au-delà se trouvait Suzanne qui exprimait un sourire mélodieux envers son ami. Etoile se trouvait au-dessus d'elle. Il volait dans tous les sens. Suzanne a tendu la main à Guillaume.

-Suis-moi, mon chéri, n'aie pas peur.

Le jeune garçon s'approchait de la fille qu'il aimait avec son plus grand désir ; un désir infini. Sa main à rejoint celle de la jeune fille et tous deux se sont élevés dans le ciel grâce à Etoile qui était devenu gigantesque lorsqu'ils se sont installés sur son dos. Le papillon battait des ailes, battait des ailes tout en s'élevant haut dans les airs avant de parcourir le monde de l'oubli. Guillaume se cramponnait à Suzanne et admirait la vue d'en bas et à l'horizon. Le vent lui soufflait à la figure. Les cheveux de Suzanne flottaient dans les brises. Guillaume admirait la mer de miel en contrebas. Il regardait le soleil mauve tout au bout. Les deux amis parcouraient le ciel étoilé à la recherche de la cascade des larmes dorées. Ils passaient dans les prairies de fleurs et dans les montagnes en frôlant les aurores boréales. Etoile est descendu en dessous de l'arc-en-ciel qui rejoignait les deux collines remplies de verdures. Ils ont pénétré dans la forêt où les arbres parlent. Ils avaient des dents pointues et des yeux jaunes de chats. Leurs branches ressemblaient à des grandes mains sinistres. Mais les arbres étaient généreux, rusés et savaient voir partout dans les moindres recoins. Les anges planaient dans les nuages et brillaient de mille feux. Après avoir parcouru une autre forêt, ils ont survolé une falaise où nos deux tourtereaux ont continué leurs voyages à travers le soleil.

Guillaume connaissait enfin le bonheur. Il savait ce qu'il y avait après la mort. Dans la réalité il se sentait tellement malheureux qu'il voulait mettre un terme à son existence. C'était ce qu'il voulait afin de rejoindre Suzanne dans cette merveilleuse vie sans fin où il n'existe ni malheur, ni tristesse. Ce qu'il voulait surtout, c'était poursuivre son voyage à travers la rivière des larmes dorées en compagnie de sa bien aimée. Mais au fond de son cœur il savait que ce n'était pas possible. Il le sentait. Car lui-même avait conscience que Suzanne était morte et que lui était en vie. Un être vivant ne peut pas atteindre l'autre coté en compagnie d'un fantôme. Et puis quelque chose le retenait. Un horrible sentiment l'emprisonnait et l'empêchait de la rejoindre. Sa mère, son futur. Il devait vivre sa vie en compagnie des siens et non en compagnie des morts. A cette idée, Guillaume serrait Suzanne par la taille en posant sa tête tout contre elle lorsque ses larmes douces et chaudes humidifiaient ses joues. La tristesse et la joie l'envahissait, son cœur battait fort. Il a fermé les yeux pendant qu'il se laissait bercer par le vent alors qu'au loin derrière eux, le monde de Forgotten se dissipait petit à petit pour laisser place à cette cruelle réalité que Guillaume connaissait bien. Les montagnes se sont transformées en collines de campagnes neigeuse, le ciel dorée aux couleurs différentes a viré au gris claire, les soleils ont disparus ainsi que les étoiles, la mer de miel et le sable de neige bleuté est redevenus un étang gelée bordée d'herbe fatigué agrémenté de neige blanche. La verdure est redevenue sinistre et morte. Un voile invisible dévorait le magnifique paysage tel un rideau s'ouvrant vers le bas pour laisser place au quotidien. Etoile est redevenu petit et a disparu en compagnie de Suzanne pendant que Guillaume s'était endormi sur le lit de la cabane en bois. Tout était redevenu comme avant. Le monde de l'oubli a disparu dans une profonde nostalgie…

Il faisait calme dans la forêt ; il neigeait. Aucun bruit ne perturbait ce silence hivernal. Les branches d'arbres étaient recouvertes de neige. Dans l'une des maisons du village, deux enfants contemplaient les flocons qui tombaient au dehors. C'était un frère et une sœur qui se tenaient là, assis sur l'appui de fenêtre. Ils se sont tenus la main et ont pleuré tous les deux en se serrant l'un contre l'autre. Leur mère est arrivée en les consolant. Après quoi, elle leurs a préparé des crêpes au sirop d'érable en leurs donnant un bain chaud par la suite puis elle les a mis au lit en leurs racontant une histoire. Leur magnifique chambre se trouvait dans le grenier. La mère a bordé ses enfants en les embrassant avant d'éteindre la lumière et de redescendre. Un peu plus tard, ils ont recommencé à sangloter avant de s'endormir.

Quelque-part, très loin d'ici, un chien marchait à pas lents dans les bois. Il sentait qu'il y avait comme un poids lourd au niveau du cœur. Mais il était très malade et n'allait pas tarder à mourir. Alors qu'il continuait la fin de son dernier voyage en s'effondrant et en se relevant, il a fini par trouver un abri. Il s'y est réfugié en se couchant pour la dernière fois. Il regardait en haut des arbres lorsque la nuit approchait. Mon Dieu, il perdait du sang ! A ce moment-là, il n'avait plus aucun espoir ; il ne savait plus se relever. Il repensait à sa famille qui l'avait adopté et qu'il a aimée. Mais aujourd'hui, il se retrouvait loin de tous les siens, en compagnie de la nature endormie sous la blancheur de la neige sans aucun ami pour le réconforter. Le chien a fermé les yeux lentement pendant que la neige recouvrait son corps…

Encore plus loin, une petite fille dormait à poing fermé sans se rendre compte qu'elle était dans la voiture de ses parents qui roulaient en pleine nuit dans la campagne, vers l'entrée des bois. Elle était enveloppée dans une couette. Une fois arrivé dans les bois, ils se sont arrêté en prenant leurs fille dans leurs bras et ont marchés jusqu'à un arbre où ils l'ont déposé avec son ours en peluche. Ensuite, les parents sont retournés à leurs voitures et ont quitté la forêt, abandonnant leur fille unique dans la nature, loin de sa maison et de son lit douillet. Elle reposait près de l'arbre dans le froid et la solitude, à l'encontre de son terrible destin tragique…

Guillaume ressentait la cruauté d'autrui et la tristesse dans le plus profond de ses cauchemars. Alors qu'il se retrouvait entrain de courir dans la forêt, à la recherche de Suzanne. Il l'a aperçue au bord de l'étang gelé. Elle demeurait immobile, sans le moindre signe de vie. Il a voulu courir plus vite mais il sentait que quelque chose entravait ses jambes comme s'il essayait de courir dans l'eau. Suzanne gisait nue, sur le sol neigeux lorsque sa peau se couvrait de bleus puis de fractures ouvertes. Du sang a fini par inondé son corps et ses cheveux dorés, il ressortait même de sa bouche. Guillaume hurlait à s'en exploser la voix. Le corps de Suzanne se décomposait très vite. Des asticots ainsi que des araignées et d'autres insectes dévoraient sa chair jusqu'à ce qu'il ne reste plus qu'un squelette presque vert. Une grosse araignée noir et velue en est sortie au niveau de l'œil, montrant des crocs tranchants.

-NOOOOOOOOOOOON !!! S'est affolé le jeune garçon lorsque le visage à moitié brûlé de Robert Fire a fait irruption…

Guillaume s'est réveillé en hurlant de terreur et de désespoir. Il s'est retourné pour voir Suzanne mais elle n'était plus là. L'enfant s'est mis à pleurer en se réfugiant sous sa couette.

Il y avait pire encore. Son père lui manquait terriblement. Le jeune garçon a pris la photo de son père sous son oreiller et l'a admiré longtemps. Ce visage si rayonnant, si optimiste ! Guillaume sentait son cœur se déchirer en deux au point de ne plus pouvoir se reconstituer. Il avait besoin de son amie. Malheureusement elle ne pouvait pas apparaître à chaque fois qu'il le voulait. Il ne supportait plus de se sentir seul. Et même s'il était en conflit avec sa mère, il voulait rentrer chez lui, dans sa propre chambre. Il a quitté sa cabane pour rejoindre sa maison au bord du fleuve à l'entrée de la forêt en emportant avec lui la photo de son père.

Assis sur son lit, il ne cessait de contempler cette image alors que le soleil matinal éclairait sa chambre d'un doux rayon lumineux depuis la fenêtre derrière lui. Là, le visage de son père ressemblait à un ange dans l'au-delà. Guillaume pleurait toujours.

-Si tu savais comme tu me manque papa !... J'aimerais tellement que tu reviennes ! Pourquoi tu m'as abandonné ?! Je t'aime tellement !!

Il serrait la photo contre lui. Depuis le couloir, il entendait sa mère claquer des talons lentement jusqu'à sa porte. Ce que Guillaume attendait d'elle, c'était du réconfort. Sa mère se tenait dans l'entrebâillement le regard froid et déprimé. Elle a fermé la porte pour ne plus voir son fils. Ses larmes lui sont venues alors qu'elle refoulait son sentiment d'effroi. Elle a porté une main à sa joue gauche en laissant échapper un sanglot avant de redescendre.

Guillaume n'avait aucun amour de sa part. A cet instant, l'idée qu'il avait en tête depuis quelques temps a fini par le submerger. Sa décision était prise. Il a plié bagages en emportant ses souvenirs les plus précieux ainsi que la photo de son père dans un baluchon. Il a également pris de la nourriture, de l'argent et des vêtements de rechanges. Bref, tout le nécessaire pour ses besoins. Avant de quitter sa chambre, Guillaume a pris une feuille de papier et un stylo et a commencé à écrire :

Maman,

Je sais qu'en lisant ce message, tu n'en auras peut-être rien à faire mais j'aimerais quand-même te le dire : je pars pour toujours. Et je ne reviendrai jamais.

N'essaye pas de me chercher après, car au moment où tu liras cette lettre, je serai loin.

Ce que j'attendais de toi, c'était du soutien, de la patience, du réconfort et de la tendresse. Malheureusement j'ai vu que tu n'étais pas capable d'aimer comme une mère qui aime ses enfants. Ou du moins, c'est ce que j'ai ressenti ; du rejet.

Depuis que papa est parti, tout a changé...

Ma joie de vivre a sombrée dans un profond sentiment de solitude et de dépression.

Voilà pourquoi je m'en vais. Soit pour me refaire une vie plein d'avenir ailleurs, loin de cette tristesse qui m'envahi, ou bien peut-être mettre fin à mes jours pour de bon, sans qu'il n'y ai personne à mes côtés.

Je ne sais pas ce que tu ressentiras en lisant cette lettre. En tout cas, j'espère du fond du cœur que tu comprendras et que ça te servira de leçon sachant que tu ne me verras plus jamais.

Toi et papa vous êtes deux personnes tout à fait différentes. Lui, a bien fait plus de choses que toi tu n'en a fait pour moi.

Peu importe nos différents. L'heure est venue pour moi de choisir ma destinée... Adieu, maman...

Guillaume

dehors, il a jeté un dernier regard à sa maison en essuyant ses larmes puis il s'en est allé en emportant son baluchon avec lui…

Dans sa cabane, Guillaume emportait tous ce qui lui semblait important dans son baluchon avant de descendre de l'arbre. Son voyage s'annonçait rude ; peut-être même dangereux. Mais il avait l'espoir que sa vie allait s'éclaircir au cours de sa route malgré les embûches. La seule chose qu'il regrettait, c'était de ne pas avoir revu Suzanne. Et le pire dans l'histoire, c'est qu'il ne la reverrait sans doute jamais. Ce qu'il refoulait au fond de lui-même, c'était le sentiment de culpabilité de ne pas avoir pu lui dire Adieu. Il se retenait de pleurer. Pourtant, il était à deux doigts d'éclater en sanglots.

Guillaume quittait la forêt afin de parcourir le champ recouvert de neige et d'atteindre la route. Le soleil brillait dans un ciel rose. Le petit garçon a voulu passé par-dessus les barbelés mais a trébuché sur le chemin de terre neigeux alors que toutes ses affaires se sont vidées de son baluchon.

-OH, non !... A-t' il gémit.

Il a ramassé ses affaires un par un en les remettant dans son sac pendant qu'une camionnette noire apparaissait devant lui. Pétrifié, il s'est relevé d'un bon gagné par la terreur. Il était piégé. Robert Fire a débarqué le regard accusateur en montrant ses dents jaunes et pointues. Il a pris Guillaume par le col de son manteau.

-Il me semblait t'avoir prévenu, salle gamin ! Je t'avais pourtant interdit de fourrer à nouveau ton nez en travers de mon chemin !!!

-Vous êtes un monstre !!!

-Ah bon ? Je suis un monstre ? Et bien si tu le dis, c'est que tu n'as pas encore subi le pire cauchemar qui t'attends mon jeune ami !

-S'il vous plaît !!! Criait Guillaume au bord des larmes. « Laissez-moi par... »

Une seule pensée lui a traversé l'esprit dans l'espoir de s'enfuir quand tout est devenu noir...

Guillaume a ouvert les yeux ; il se sentait secoué. Lorsqu'il a tenté de relevé la tête, il a senti une douleur au niveau de la tempe. Robert l'avait violemment frappé au point de perdre connaissance. Sa vue était floue avant de s'apercevoir qu'il s'était retrouvé dans la camionnette de son agresseur.

D'un bond, il s'est relevé, mais il n'a pas pu tenir en équilibre. Guillaume a dérapé et est tombé en se cognant le front contre la paroi de fer noir. Se tordant de douleur, le jeune garçon a hurlé mais personne ne pouvait l'entendre.

-AU SECOUR !!! SUZANNE !!!

Mais Suzanne n'était pas là. Gagné par la peur et l'affolement, Guillaume a vomi. Une mixture horriblement verte et immonde. Se couchant sur le sol, il s'est mis à pleurer.

Il regrettait tout ; son père, sa vie d'avant, son ancienne relation de bonheur avec sa mère, ses moments de joie… Tout s'était écroulé. Il en pleurait tellement que son cœur a failli éclater.

Il était envahi par tous ses souvenirs alors qu'il se retenait la poitrine afin d'éviter que son cœur ne lâche. Guillaume a fini par s'endormir.

L'enfant trottinait à travers les champs de blés sous un soleil matinal. Tout était bercé par le vent. La nature s'étendait tout autour de lui. Il était émerveillé par cette splendeur. Au loin, il a aperçu une silhouette.

-ça va Guillaume ? A demandé un homme au grand sourire.

-J'arrive papa !... Guillaume riait aux éclats. Il devait avoir à peine cinq ans.

Son père lui a tendu les bras et Guillaume s'est jeté sur lui. L'homme au grand sourire est tombé à la renverse en caressant la tête de son fils.

-Je t'aime papa !

-Moi aussi je t'aime mon grand.

Ces deux tourtereaux admiraient le ciel côte à côte. Guillaume s'est rapproché de son père.

-Papa ? Promet-moi que tu ne t'en iras jamais. Promet-moi que tu resteras toujours avec moi quoi qu'il arrive.

-Mon fils, sache une chose, quoi qu'il arrive comme tu dis, je t'en fais la promesse.

Le petit garçon a souri.

-Mais ce qu'il faut que tu sache, c'est que le bonheur n'est pas éternel.

-Qu'est-ce que tu veux dire par là ?

-Et bien, pour t'expliquer cela plus concrètement, le bonheur ne dure jamais. C'est comme la vie ; nous venons au monde, nous vivons notre enfance, ensuite vient l'adolescence, puis l'âge adulte avant de franchir le dernier voyage de la vieillesse...

149

Le père de Guillaume semblait préoccupé.

-Et ensuite ?

-Ensuite…

-Dis-moi papa !

-…

-S'il te plaît. Qu'est-ce-qui se passe ? Papa qu'est-ce que tu as ?

-Ecoute fiston, je vais te donner un conseil : vie ta vie à fond, amuse toi, apprends, trouve toi une petite amie, réalise tes rêves, fonde une famille. Et surtout, ne pense pas à ce qu'il vient après.

-Papa ? Est-ce-que la mort existe ?

-Le père s'est figé.

-…Oui Guillaume. Elle existe.

-L'enfant s'est pétrifié en reculant.

-Mais rassure toi, la mort fait partie de la vie. Il y a quelque chose après. Quelque chose de merveilleux.

-C'est vrai ? Tu es sûr de ça ?

-Non, je n'en suis pas sûr. Mais il suffit d'y croire.

-Comment le sais-tu ?

-…Je le sais parce-que ta sœur y est.

-Quoi ? Comment ça ?

-…Un an avant que tu naisses, ta mère était enceinte.

Guillaume a écarquillé les yeux.

-La grossesse se portait bien. Mais quand elle est venue au monde, elle ne respirait plus, elle avait les yeux fermés… Elle était morte. Ta mère a été complètement anéantie. Elle en était dévastée. Elle avait toujours rêvé d'avoir un enfant. Mais comme ça ne s'est pas passé comme on l'espérait, elle n'a plus été la même, jusqu'au jour où ça s'est à nouveau présenté et qu'elle t'a eu toi.

-Mais… pourquoi tu ne me l'as jamais dit ?

-…Parce-que je ne voulais pas te rendre triste. Je sais à quel point ça te manque de ne pas avoir de sœur. Je sais que tu l'as toujours voulu. Mais, écoute, si tu y tiens vraiment ça t'arriveras croix-moi. Avoir un petit frère ou une petite sœur est un pur moment de joie. Il te suffit d'y croire…

Le père a touché le cœur de son fils.

-Papa, je n'ai pas envie de mourir. J'ai envie de rester avec toi pour l'éternité… a dit Guillaume en pleurant tout en reposant la tête contre son père qui, lui, retenait son fils du bras droit.

-Ecoute, mon fils, la mort c'est quelque chose de naturelle. Personne ne peut l'éviter. Tout le monde meurt un jour. Moi aussi un jour je vais

mourir. Tout comme toi. Mais tu sais, quand je ne serai plus là, tu continueras à vivre ta vie, mais tu me retrouveras. Quand tu mourras, et tu mourras vieux, ça j'en suis sûr, tu me retrouveras. Je te le promets…

Guillaume sanglotait.

-J'ai pas envie de te perdre !

-Tu ne me perdras jamais, je t'en fais la promesse. Tu auras une belle vie remplie de bonheur Guillaume…

Ils se sont serré l'un contre l'autre sous le soleil levant. Les oiseaux volaient à travers les nuages et le ciel bleu.

« Il te suffit d'y croire… »

Par une nuit glaciale, Guillaume entendait ses parents se disputer violemment. L'enfant se bouchait les oreilles à l'aide de son oreiller en se réfugiant sous sa couette. Il avait un mauvais pressentiment. Il entendait des verres et des assiettes en porcelaines se fracasser. Il entendait sa mère hurler, les portes claquaient. Son cœur battait à tout rompre. Il battait tellement vite que Guillaume a failli tomber du lit. Il s'est concentré très fort en fermant les yeux avant de s'endormir dans un profond sommeil. Durant le reste de la nuit, il a senti comme un effleurement chaud sur son front. Il avait même la sensation que quelqu'un le caressait, puis ça s'est estompé. Guillaume rêvait paisiblement…

Le lendemain, il a vu sa mère pleurer (son bras servant en guise de repose tête) à la table de la cuisine près de la fenêtre qui laissait entrevoir les rayons du soleil. Guillaume cherchait partout après son père, dans la maison, dans les bois, près de sa cabane. Au fur et à mesure, il a fini par comprendre ; son père n'était plus là. Il s'est effondré en pleurs en contemplant sa photo…

« Quoi qu'il arrive, je t'aimerais toujours Guillaume. Je ne te quitterai jamais. Je te le promets… Tu es pour moi, le trésor de ma vie et la personne qui m'est le plus cher. Et jamais au grand jamais, je ne voudrai t'abandonner. Quoi qu'il arrive, je serai toujours à tes cotés… »

Guillaume s'est réveillé par une violente secousse. Il a sursauté. La camionnette s'était arrêtée. La portière a claqué. Le garçon entendait les pats de son agresseur. Il a reculé vers le fond. Les portières qui retenaient Guillaume enfermé se sont ouvertes avec fracas.

-Alors on a bien dormis sale môme ? Si tu es encore fatigué, ça tombe bien, tu dormiras d'un sommeil de plomb une fois que tu seras dans mon lit.

-NOOOOOOOOON !!!

-Aller vient par-là !

Robert a empoigné sa victime une nouvelle fois en l'emportant à l'intérieur de sa sinistre demeure. Guillaume apercevait les murs dégarnis et couverts de suie noire, les rideaux déchirés ainsi que les ordures et le matériel brisé qui encombraient le sol. Il faisait très sombre. Robert Fire a éjecté Guillaume sur son lit. Alors qu'il s'apprêtait à lui taper dessus, Etoile le papillon est arrivé en injectant de la poussière dorée dans ses yeux. Robert s'est débattu en hurlant, ce qui a permis à l'enfant de rejoindre la porte d'entrée. Malheureusement celle-ci était fermée à clé.

-Au secours !! Aidez-moi !!!

-Personne ne peux t'entendre petit malin, a dit Robert alors que son visage brêlé brillait dans la lueur de la lanterne qui pendait au plafond, le regard perçant tel un monstre sortant d'un conte macabre.

-Tu es coincé et tu ne pourras pas m'échapper.

-SUZANNE !!!!

-Suzanne ? J'ai déjà entendu ce nom autrefois. Je le connais bien. Laisse-moi deviner, ne serais-ce pas une petite fille qui a subi le même sort que je vais t'infliger ?

Guillaume a écarquillé les yeux d'une terreur profonde en voyant ce fou furieux brandir un couteau.

-NON !!!

Robert l'a attrapé. Le pauvre petit garçon se débattait dans tous les sens. Le papillon a volé jusqu'au tueur en lui propulsant à nouveau de la poussière étoilé dans les yeux. Guillaume a réussi à lui donner un coup de pied dans le ventre. Suite à la douleur et à l'énervement, l'homme au visage brûlé a lancé l'enfant par la fenêtre qui s'est brisé en mille morceaux.

Guillaume était inconscient. Il gisait sur le sol froid couvert de blessures sanglantes. Etoile s'est posé sur son front en laissant couler un liquide doré et brillant qui s'est infiltré dans sa tête.

L'enfant se dirigeait à travers un chemin qui partait en ligne droite. Il n'arrivait pas à voir ce qu'il y avait tout au bout. A part une lumière orangé orné e flammes. La couleur de l'enfer. Il courait au ralenti et avait l'étrange impression que quelqu'un le suivait à grande allure. Il sentait qu'il n'avait plus de force dans les jambes. Mais plus il avançait, plus il apercevait la lumière de la mort. Cette lueur horrible qui étincelait d'un nuage de feu. Guillaume a tenté de faire demi-tour mais cela était impossible car les flammes prenaient la forme de mains crochues qui l'attiraient dans un trou noir.

Guillaume s'est retrouvé sur un tas de squelettes de couleurs vert dont les araignées et les asticots dévoraient les restes de chair. Autour de lui s'étendait l'éclairage des flammes qui brulaient les corps et les murs de pierre. Tout au-dessus, se trouvaient les ténèbres sans fin. Il savait où il était. Au fond du puit.

Effrayé et gagné par une immense tristesse, le petit garçon contemplait un crâne vert alors que de la poussière dorée s'écoulait dessus en le transformant en vrai visage. Celui d'une petite fille aux yeux bleus verts.

Elle s'appelait Elisa Gourmandeaux, née le 12 juillet 1892 et morte le 24 décembre 1900 après avoir été violé et assassiné d'une balle dans la tête.

Avec fureur, Guillaume a contemplé un autre corps. Celui d'une petite rouquine qui se nommait Julie Delmonvot, née le 14 juin 1880 et décédée le 24 décembre 1890 en ayant vécu le même sort que la jeune Elisa.

En apercevant un autre crâne fracturé, il a découvert que cette jeune fille brune de cheveux avait été violemment frappée contre la paroi d'un lit en bois dur avant de s'effondrer les yeux ouverts dans une mare de sang qui inondait sa chevelure. Elle se nommait Maya Fernandez.

Un autre squelette craqué fixait Guillaume dans une expression de peur effroyable. Il l'a tout de suite reconnue, Clarisse McCouven, âgé de 7 ans, née le 19 octobre et morte le 24 décembre 1900 après avoir eu la nuque brisé, durant la nuit qui a précédé la mort de sa compagne... Suzanne Leclaire, née le 25 décembre 1891 et morte le 31 décembre 1900 après avoir été violé brutalement avant d'avoir la gorge tranchée... Il y en a eu bien d'autre...

Toutes ont terminé leur voyage au fond du gouffre...

En admirant le squelette de sa pauvre amie Guillaume était gagné par la haine et la rage. Une main s'est posé sur lui.

-Aide-nous Guillaume. Aide-moi, magie éphémère, amour non-éternel... Un squelette s'était mis à parler en pointant le doigt vers le haut. « Ame MEURTRIEEEEEEEEEEEEEERE !!!!!*

Le papillon n'était pas loin. Il se tenait sur le cou du cadavre. Il laissait entrevoir un couteau tranchant qui s'y était implanté. Guillaume avait compris. S'il voulait sauver sa peau il fallait vaincre Robert. Cela entraînerait de graves conséquences pour Suzanne mais il n'avait pas le choix.

Guillaume s'est réveillé. Ses blessures avaient disparue grâce à la magie révélatrice d'Etoile. Il regardait autour de lui mais ne trouvait personne… Lorsque Suzanne a fait irruption en l'aidant à se relever.

-Oh mon Dieu, Suzanne !!!

-Viens, dépêche-toi !!!

Elle lui a pris la main lorsque Robert s'est jeté sur lui en les arrachant l'un de l'autre.

-GUILLAUME !!!!

Une lutte infernale s'était formée entre le tueur et l'enfant. Alors que Robert immobilisait les mains de Guillaume en lui entravant ses poignets il n'y avait plus aucun moyen de revenir en arrière. Il fallait agir. De toutes ses forces, Guillaume a porté un violent coup de genoux dans les parties génitales de Robert. Il a hurlé en brandissant son couteau avant que l'enfant ne le retienne. Alors que la pointe s'approchait de plus en plus vers son petit cou, le petit garçon a mordu son adversaire à la main gauche aussi fort qu'il le pouvait. Robert a hurlé une nouvelle fois en laissant échapper son couteau. Il s'est relevé et Guillaume a ramassé son arme. Il est resté accroupi, la tête baissé en faisant semblant d'être blessé. Il se sentait près. Robert a couru vers lui pour l'attraper. Lorsqu'il se tenait assez près de l'enfant, celui-ci s'est relevé d'un bond tout en lui plantant le couteau dans le ventre.

-OUH…

Robert Fire a porté les mains autour du manche pour essayer de l'enlever. Il fixait Guillaume avec une expression de dégoût. Il se sentait vaincu. Son regard cauchemardesque a laissé place à de la pitié alors que Guillaume s'approchait de lui. Robert reculait lentement puis de plus en plus vite en virant de gauche à droite en ayant toujours la main agrippé au manche de son couteau. Guillaume se tenait face à lui le regard froid.

-Allez en enfer !!!

Le tueur a reculé vers le puit où il a perdu l'équilibre avant de s'y engouffrer tête la première. Guillaume a vu son agresseur tomber dans son propre trou noir en entendant son hurlement s'éloigner rapidement.

Robert a atterri sur les cadavres des petites filles qu'il avait tuées en se brisant la colonne vertébrale. Un silence de mort s'emparait de lui lorsque les squelettes se sont mis à bouger. Pétrifié, le tueur d'enfant cherchait une issue mais c'était impossible. De plus il ne pouvait plus bouger. Une main s'est posé sur lui.

-Oh, voilà mes petites chéries. Quel bonheur de vous voir… S'est-t' il exclamé tremblant de peur.

-Non Robert, nous ne sommes plus tes victimes désormais. Mais ton pire cauchemar !

Tous les cadavres se sont jetés sur lui pour le dévorer.

-

NOOOOOOOOOOOOOOOOOOOOOOOOOOO OOOON !!!!!!

Le spectacle était sanglant. Du sang éclaboussait les murs de tous les côtés, des os ont été arrachés. Une marre rouge et brune s'étendais sur le sol.

Guillaume s'est laissé tomber sur ses genoux en relevant la tête vers son amie qui était étalé dans la neige presqu'inconsciente à plusieurs mètres devant lui. Ses larmes perlaient

-Suzanne…

Il a couru vers elle. Suzanne avait les yeux mi-clos. Ils se fermaient et s'ouvraient lentement.

-Suzanne, tien bon… tien bon d'accord ? On va arranger ça…

-G… Guillaume…

La jeune fille lui a pris la main.

-C'est trop tard…

-Non,… Suzanne… il n'est pas trop tard… Il faut absolument qu'on trouve un moyen pour te guérir… Il faut que tu te serves de tes pouvoirs s'il t'en reste… Suzanne… je ne veux pas te voir mourir une nouvelle fois…

-C'est fini, Guillaume… je vais disparaître avec lui. Même s'il est mort,… mon âme lui appartient… Je… je suis désolé…

-Non… Suzanne, non… je ne veux pas que tu partes… reste avec moi... reste avec moi...

Suzanne a levé la main pour lui caresser le visage. Il la prise dans la sienne pendant que ses larmes ruisselaient sur sa paume. Elles longeaient la longue ligne qui représentait la vie de son amie qui lui avait été arraché. Les larmes sont tombées dans celle de Suzanne. La couleur dorée et brillante s'est mélangé avec la transparence. Ce qui a formé ensuite un petit tourbillon qui laissait apparaître une image qui semblait familière à Guillaume.

-Prends mon papillon… Tu comprendras ce qui est arrivé à ton père…

Guillaume s'est emparé d'Etoile qui s'est laissé choir dans le creux de ses mains. Il brillait de moins en moins. On aurait dit une lumière qui clignotait régulièrement au point de s'éteindre. Comme une luciole qui arrive à la fin de sa vie avant l'arrivée du jour. Il l'a déposé sur la joue de Suzanne à l'endroit où se trouvait la goute de larme qui représentait un ciel étoilé. Etoile s'est relevé difficilement avant de retomber. Ses ailes ne bougeaient presque plus. Il s'est redressé une nouvelle fois et s'est positionné sur les larmes. Une légère poussière étoilée s'est infiltré dans la goutte. Etoile s'est échoué dans la neige pendant que la perle s'élevait dans l'air hivernal. Elle avançait vers Guillaume et s'est divisé en deux avant de s'infiltrer dans ses yeux…

Les étoiles brillaient cette nuit-là. Il faisait froid. Un petit garçon dormait paisiblement dans sa chambre. Son père a poussé le battant de la porte afin d'y pénétrer discrètement. Il s'est avancé près de son lit en caressant son visage. Il s'est penché pour l'embrasser sur le front.

-Mon fils. Si tu savais à quel point je t'aime ! A-t-il dit tout bat. « Je me suis disputé avec ta maman. Tout ça parce-que elle me trouve trop rêveur et que je ne suis pas assez sérieux. Elle me reproche que je n'ai pas les pieds sur terre. Oh, si tu savais comme elle me méprise en ce moment… C'est pourquoi, je pars faire un tour pour me rafraîchir les idées. Dommage que tu ne

puisses pas entendre ces mots au plus profond de tes rêves. Mais je reviens vite…

Il a serré la main de son fils dans la sienne puis il s'est levé.

-Demain je t'emmènerai dans le plus grand parc d'attraction du monde. On passera un merveilleux moment tous les deux. Je te le promets…

Il a regagné la porte en jetant un dernier regard à son fils. La porte s'est refermée.

Le père de famille est monté dans sa voiture en tournant et a poursuit son chemin sur le chemin de terre neigeux à travers les bois. Il roulait à une vitesse normale. Lorsqu'il a quitté la forêt, il s'est engagé dans la campagne pour rejoindre le village. Sauf qu'il ne s'arrêtait pas à cet endroit. Il voulait aller plus loin encore afin d'évacuer la haine qu'il ressentait depuis quelques heures. Il partait à l'encontre de la paix pendant au moins 1 heure ou deux. Il contemplait les étoiles au-dessus de lui. Il s'imaginait la vie après la vie. Mais au moment où celui-ci s'apprêtait à s'engager dans un virage, il a fini par déraper sur le sol verglaçant. Le véhicule faisait un tour sur lui-même avant de terminer sa chute dans un précipice qui semblait interminable. Le trou dans lequel le père de Guillaume était tombé paraissait gigantesque et il s'engouffrait dans le néant en hurlant d'une terreur abominable. Jamais personne n'a retrouvé le corps de ce pauvre monsieur qui semblait posséder un amour fou pour son fils. Jamais personne ne s'est douté de ce qui était arrivé, encore moins de son existence. La seule certitude qui semblait hanté Guillaume à jamais était que son père à trouver la mort dans ce mystérieux gouffre sans fin.

« Il ne nous a jamais aimé... Il a toujours voulu nous abandonner...

« CE N'EST PAS CE QUE PAPA VOULAIT !!!... »

Le souvenir s'est dissipé laissant place au visage douloureux de Suzanne qui brillait de moins en moins.

-Je croix que maintenant tu as compris pourquoi il n'est pas revenu...

-Oui, affirmait Guillaume. « Comment tu l'as su ?!... »

-Je sais des choses sans savoir pourquoi Guillaume... Je vois tout... Au moins maintenant... tu sauras que ton père ne t'a pas abandonné par hasard… Tu as vu par toi-même qu'il s'agissait d'un tragique accident… Il n'a jamais voulu t'abandonné… Il voulait revenir auprès de toi… Il se sentait mal de partir comme ça mais… il avait besoin d'évacuer tu comprends… Je suis désolé Guillaume… Franchement je suis affreusement désolé… Ton père a toujours voulu rester présent auprès de toi…

Guillaume s'est couché aux cotés de sa tendre amie en pleurant à chaudes larmes.

-Merci Suzanne… merci…

Le garçon l'a embrassé tendrement sur la bouche.

-Je t'aime Guillaume…

-Moi aussi je t'aime Suzanne… a déclaré celui-ci les joues ruisselantes de larmes. « Oh, je t'en supplie ne pars pas !... Reste avec moi !...

Suzanne ne brillait plus mais elle adressait un faible sourire aux yeux de son ami.

-Quoi qu'il arrive, je t'aimerai pour l'éternité Guillaume…

Ces mots ont rappelé à l'enfant ceux que lui disait son père durant toute sa vie.

-Suzanne… a dit Guillaume.

La petite fille a fermé les yeux. Elle ne répondait plus. Guillaume pleurait et sanglotait alors qu'elle semblait fondre dans du sang accompagné de larmes. Bientôt, il ne restait plus qu'une énorme flaque rougeâtre que le petit garçon contemplait avec horreur et tristesse. Le sang inondait ses mains. Lorsqu'il leva les yeux vers la flaque, celle-ci semblait s'élevé au-dessus de lui en une grosse boule rouge et ruisselante. Peu après, celle-ci s'est transformé en une boule dorée avant de devenir une étoile brillante dans la nuit. Elle s'est ouverte sur toute la forêt et laissait découvrir le monde de Forgotten et… Suzanne qui marchait paisiblement dans l'air. Elle avait un sourire radieux en compagnie de son papillon et des autres filles qui avaient été tués. De loin Guillaume reconnaissait Clarisse qui lui rendait aussi son sourire.

-Suzanne !!! A crié Guillaume avec joie.

La petite fille qui brillait à nouveau s'est avancée vers lui.

-Tu… tu m'as sauvé Guillaume…

-Quoi ???!

-Tu m'as sauvé… tes larmes m'ont sauvés…

-Mes… mes larmes ??...

-Ne dis rien Guillaume…

-Mais…

Suzanne lui a déposé un baisé si tendre et si doux sur ses lèvres que le cœur de Guillaume semblait explosé de joie dans sa poitrine. Il sentait qu'elle lui tenait les mains pendant que ses larmes dorée ruisselait à l'endroit où se trouvait son cœur. Guillaume a fermé les yeux, ses lèvres toujours posé sur celles de Suzanne. Après un long moment, ils se sont séparé l'un de l'autre. Les cheveux de la jeune fille flottaient dans l'air du vent de son autre monde.

-Comme tu m'as sauvé, je t'ai donné un cadeau en retour.

-Qu'est-ce que c'est ?

-Tu verras… L'heure est venue pour moi de partir Guillaume… Toi il faut que tu continues à vivre…

-Mais je n'ai pas envie d'être tout seul… Je veux venir avec toi…

-Tu ne seras plus seul désormais… A-t-elle dit en caressant le visage de son ami.

Clarisse est venue rejoindre Suzanne en lui prenant la main.

-Adieu Guillaume… Je ne t'oublierais jamais… Je peux partir en paix maintenant… grâce à toi, mon âme n'appartient plus à

Robert... Il appartient à Forgotten... Je ne t'oublierai jamais... et je t'aimerai toujours...

Elle lui a adressé un dernier regard mélancolique et Guillaume lui a rendu un sourire triste mais enchanté.

-La magie ne dure jamais. Elle s'éteint lentement comme une bougie éphémère. Comme un amour qui semble éternel mais qui ne l'est pas.

Suzanne s'est détournée face au monde de Forgotten guidé par Etoile, suivi de toutes les autres filles qui se dirigeaient vers la rivière des larmes dorées. Elles s'y sont engouffrées alors que l'arc-en-ciel qui ornait le paysage de la cascade dorée en donnant une beauté sublime ainsi que les montagnes, le ciel bleu, les collines, la mer de miel des bois, les champ de fleurs interminables de toutes les couleurs ainsi que la neige bleu orné de paillettes disparaissaient de plus en plus dans une forêt sombre et enneigé tel un fantôme s'éteignant lentement dans la nuit en ne laissant aucune trace...

Guillaume s'est agenouillé dans la neige lorsqu'il s'est mis à pleurer. Mais il ne pleurait pas des larmes ordinaires. Il pleurait des larmes dorées et brillantes. A son grand étonnement, l'enfant se demandait comment Suzanne lui avait transmis ce pouvoir de guérison. C'est alors qu'il a entendu une voix loin derrière lui :

-Guillaume !... Guillaume !...

La silhouette se dessinait dans le brouillard qui entourait le petit garçon. Guillaume a reconnu sa mère. Mais cette fois, elle n'exprimait pas un sentiment de colère ou de haine mais de l'affolement venant de l'amour.

-Maman ?!

-GUILLAUME !!!

-MAMAN !!!

L'enfant a couru vers sa mère qui, elle, l'a pris dans ses bras en s'agenouillant dans la neige.

-OH ! Guillaume ! S'est-elle exclamée en l'embrassant, les larmes aux yeux. « Bon sang ! Tu m'as fait une de ces peurs !... Oh, mon chéri ! Ne me refais plus jamais ça d'accord ?! Mais qu'est-ce qui t'as pris d'écrire cette lettre ?! Tu ne peux quand-même pas abandonner ta maman ! Oh, chéri, je suis tellement désolé !!

Elle l'a serré contre elle.

-Moi aussi je suis désolé maman… a affirmé Guillaume en se retenant de pleurer.

-Je te pardonne mon poussin ! Je comprends tout à fait ton acte… mais s'il te plaît… ne me refais plus ça mon cœur ! Dorénavant les choses vont changer. Je te le promets.

Guillaume a serré sa mère une nouvelle fois.

-On rentre à la maison ?...

-Oui ! A dit sa mère en souriant. « Viens. »

La mère a porté son fils en l'emmenant vers le chemin qui rejoignait leur foyer. Guillaume regardait l'endroit où Suzanne avait rejoint son monde éternel. Il a vu l'énorme bâtisse s'éloigner lentement dans le brouillard. Il n'est plus jamais revenu dans cet endroit.

Après avoir fêté Noël dans un bonheur des plus nostalgiques, Guillaume et sa mère ont déménagé pour une nouvelle vie, loin de cet endroit où il a vécu 9 ans d'existence. Le jour de ses 10 ans, Guillaume s'est fait pour la première fois des vrais amis. Le printemps était là. Il courrait sur la plage en compagnie de sa petite bande avec qui il passait le plus de temps dans la mer. Guillaume était doué pour la planche à voile. Il a même occupé une place en tant que surfeur professionnel. Pour la première fois de sa vie, il avait pleinement confiance en lui. Il ressentait la joie partout où il allait. Tout le monde l'aimait. A 14 ans, il a sauvé un inconnu de son âge alors qu'il se noyait. Suite à cet incident qui s'est révélé particulièrement admirable, Guillaume est devenu jeune sauveteur à l'âge de 18 ans où il occupait un très bon poste. Lorsqu'il a eu 21 ans, l'amour qu'il redoutait de ne jamais avoir était enfin arrivé. Une magnifique jeune fille lui a tendu la main lors d'un bal de fin d'études. Ils dansaient tous les deux sur la piste de danse lorsqu'ils se sont embrassés. Le baisé qui s'était créer entre eux deux rappelait à Guillaume son histoire avec Suzanne. Jamais il n'en a parlé à ses camarades, ni à sa fiancé avec qui il s'est marié à l'âge de 25 ans ; pas même à sa mère. Il n'a jamais pleuré devant ses proches. Il ne voulait pas qu'ils sachent son secret. Il n'a même pas avoué à sa mère ce qui était arrivé à son père. Il éclatait en sanglot lorsqu'il se retrouvait tout seul en repensant à Suzanne. Il ne l'a jamais oublié. Il espérait la revoir à tout prix. Mais il se rappelait sans cesse qu'il fallait qu'il continue à vivre et de ne pas devenir fou par un désir sans espoir. Malgré cela, il se sentait pleinement heureux. Le jour où sa mère est morte d'une crise cardiaque, il y repensait sans même détaché le regard du cercueil. Il était triste pour elle. Mais en présence des gens, il se retenait. Ce n'était pas facile. A 35 ans, lorsqu'il a eu deux enfants, il est revenu dans sa maison d'autrefois.

-C'est ici que j'habitais avec votre grand-mère, a-t' il dit à son fils et à sa fille.

-Je vais vous montrer ma cabane.

Ils se sont promenés dans les bois où chantaient les oiseaux sous un soleil qui resplendissait de sa clarté à travers les branches feuillues. Des fleurs et des jonquilles avaient poussées à plusieurs endroits et lorsqu'ils sont arrivés devant l'ancienne cabane, Guillaume a eu une pointe au cœur. En bas de l'arbre, un petit garçon se recroquevillait en pleurant.

-Qu'est-ce qui se passe mon grand ?

-Je me sens seul… Je n'ai aucun ami avec qui joué… Mes parents viennent de divorcés… Et… ma mère refuse de me regarder en face…

Guillaume s'est agenouillé près de l'enfant en lui caressant la tête.

-Tu veux savoir ? Lui a-t-il dit pendant que le petit garçon a levé la tête ruisselante de larmes. « J'étais comme toi… Moi aussi j'ai vécu à peu près la même chose… Mais sache un truc... si tu ne veux plus être seul, il faut que tu croix en quelque chose qui pourrais te rendre heureux. Plus tu croiras en tes rêves, plus ils auront de chances de se réaliser. As-tu un rêve ?

-Oui…

-Lequel, dis-moi ?

-J'aimerais devenir écrivain.

-Ecrivain ?

-Oui. J'aimerais écrire des histoires et devenir célèbre. J'aimerais que tout le monde me voie, que tout le monde m'aime…

-Et bien dans ce cas, croix en ton rêve ! Aie confiance en toi et tu verras qu'au fur et à mesure, tu finiras par y arriver.

-C'est vrai ?

-C'est vrai. Il te suffit d'y croire…

Le petit garçon s'est levé en souriant et a serré Guillaume aux jambes. Le père de famille ne pouvait s'empêcher de sourire.

-Tu veux qu'on joue à cache-cache ? Ça te remonterait le moral.

-Oh oui ! J'adore ce jeu.

Les enfants de Guillaume se sont esclaffés en commençant à compter pendant que l'enfant solitaire s'éloignait. Après cinquante seconde, Guillaume et ses enfants le cherchaient partout. Lorsqu'ils l'ont enfin trouvé derrière un buisson, il leur a sauté dessus dans un mélange de fou-rires et de chatouilles. Ils ont joué ensemble longtemps. Alors que le soleil se couchait, Guillaume a rejoint sa voiture en compagnie de son fils et de sa fille et le petit garçon leur a adressé un signe de la main.

-Au faite, comment tu t'appelles ?

-Mano.

« Mano !… » A pensé Guillaume. Ce prénom était celui de son père.

-Au revoir Mano…

Guillaume s'en est allé en laissant son passé derrière lui sans jamais l'oublier afin de retourner dans sa vie qu'il croquait à pleine dents et qui lui souriait. Mano a vu la voiture s'éloigner sur le chemin de terre sous un crépuscule qui virait au rose. Guillaume contemplait la photo de son père qu'il tenait de sa main libre. Il tenait la photo de l'homme qui lui avait donné la force de croire en ses rêves et qui lui avait appris de ne jamais perdre espoir… Et Suzanne lui revenait en mémoire, encore et toujours depuis qu'ils se sont quittés. La fille qui l'avait soutenu, la première qu'il avait aimée. Mais il ne savait pas qu'en quittant cette vie, il serait confronté à un avenir meilleur. C'est seulement lorsqu'il a eu dix ans qu'il s'en est rendu compte. Un triste sentiment d'adieu le submergeait sachant qu'il ne reviendrait plus jamais. Après tant d'année !... Tout ce que Guillaume avait en tête c'était les expériences qu'il avait vécu dans cette forêt qui s'éloignait peu à peu. Suzanne n'était plus là. Mais au fond de son cœur il savait qu'elle veillait sur lui ; tout comme son père. Il savait qu'elle était là quelque part…

-…Mais il ne l'a jamais revue…

J'ai laissé échapper un profond soupir.

-…Voilà… c'est ainsi que ce termine l'histoire ma chérie…

-…Oh ! Grand-père !... C'est magnifique !...

-Je sais… Je sais… C'est une histoire extraordinaire hein ? Guillaume a enfin vécu heureux… mais son histoire ne s'est jamais transmise… Jusqu'à maintenant…

-Qu'est-ce-que tu veux dire par là ??

-En faite… J'ai dit en retirant mes lunettes alors que mes larmes dorées se sont misent à couler. « Ce petit garçon… c'était moi… »

Ma petite fille a ouvert de grands yeux. Elle n'en revenait pas.

-Grand-père ?!... Alors c'était toi ?!!!... Donc… L'histoire est réelle… Même tes larmes ?!!!...

Je me suis mis à pleurer en serrant Suzanne dans mes bras. Elle aussi pleurait.

-Oh ! Grand-père ! Je n'en reviens pas ! Alors ça veut dire !... ça veut dire !... que !...

-ça veut dire que je peux te guérir ma princesse !...

-Oh ! Grand-père !!!

Elle m'a serré très fort.

-J'aimerais tellement être comme tout le monde… sans aller à l'hôpital… sans avoir du mal à respirer… Je veux accomplir de grandes choses et vivre très longtemps…

-Reste dans ton lit. Ne bouge pas.

J'ai pris un petit bol en y laissant tomber mes larmes. Je pleurais de joie. Je pleurais tellement… tellement… Une fois le bol rempli, j'ai respiré profondément en me dirigeant vers le grand lit de Suzanne où je lui ai donné son cadeau de Noël.

-Tiens. Bois ma chérie.

Suzanne a pris le bol en me regardant d'un air hésitant puis elle a porté le bol à ses lèvres en buvant à grandes gorgées.

-C'est délicieux… ça a un gout mielleux et sucré. C'est chaud…

-Alors ? Comment tu te sens ?...

-J'arrive à respirer normalement ! Grand-père, je n'ai plus mal nulle part !! Je me sens bien !! JE SUIS GUERIE !!! S'est-elle exclamée en m'embrassant de tous les côtés.

-Comme dans ton histoire, les larmes de Forgotten ont le pouvoir de guérir ! Oh, merci… Oh, merci grand-père !!

Mon cœur bondissait dans ma poitrine comme une balle de tennis alors que mes larmes dorées ruisselaient toujours dans mes sanglots.

-Joyeux Noël, mon ange !...

-Joyeux Noël grand-père !... Dis-moi tu pourrais y retourner à Forgotten ? Tu pourrais y retrouver Suzanne si tu pouvais ?

-Oh, mais malheureusement je ne peux pas chérie. Je suis un vieil homme maintenant. Mais tout ce que j'espère, c'est qu'elle se souvienne de moi comme elle m'a connu, la première nuit où je l'ai rencontré…

Ma petite fille était enfin guérie. La Suzanne que j'ai connue autrefois m'a laissé le plus beau cadeau qu'un ami puisse donner. Et bien sûr c'est grâce à elle que je m'en suis sorti. C'est grâce à cette fille que j'ai pu enfin être heureux et mener une vie extraordinaire afin de grandir, de fondé une famille, de réaliser mes rêves… De toute évidence, je n'en demandais pas mieux. Les médecins ont affirmé que ma petite fille ne représentait plus aucun signe maladif. La mucoviscidose avait disparue grâce à moi ; grâce à Suzanne. Seulement, j'ai fait promettre à cette enfant de ne jamais parler de cette magie à qui que ce soit. Pas même à ses parents. Je ne voulais pas qu'il y ait des rumeurs qui se répandent au point que je devienne le plus grand des guérisseurs. Sinon je serais obligé de leurs raconter mon histoire du début à la fin. Cette histoire ne regarde que moi et ma petite fille. Je suis trop vieux pour être célèbre maintenant. Tout ce que je demande, c'est de finir le reste de mes jours aux coté de ma précieuse famille. Celle à qui je donnerais tout pour que chacun d'eux puissent avancer en étant le plus heureux possible…

-Grand-père ? Tu veux bien m'apprendre à faire du vélo ?

-Bien sûr mon ange ! Viens par là. Assieds-toi sur la selle. Voilà. Et maintenant tu vas ramener la pédale de gauche vers toi et posé ton pied dessus. Après quoi, tu enfourcheras ton autre pied sur celle de droite pour commencer à pédaler. Vas-y.

-Mais grand-père, ne me lâche pas hein, d'accord ?

-Ne t'inquiète pas. Je te tiens.

-Wow !... Grand-père je vais tomber, je vais tomber !

-Mais non ! Regarde tu te débrouille très bien ! C'est bien mon cœur ! Voilà très bien. Maintenant je vais te laisser faire toute seule.

-Grand-père non !

-Tu vas y arriver Suzanne ! Vas-y !

-WOW ! Grand-père j... J'y arrive ! J'Y ARRIVE !!! AAH !!!

« BOUM ! »

-Aïe !...

-Ma chérie, tu n'as rien ?

-Mon genoux, j'ai mal !...

-Oh ne t'inquiète pas mon petit cœur. Ça va aller.

Une larme dorée est tombé sur le genoux de Suzanne en faisant disparaitre la blessure.

-Grand-père, est-ce que tu me trouve nulle ?

-Quoi ? Pourquoi tu dis une chose pareille ? Bien sûr que non tu n'es pas nulle !

-C'est parce-que je suis tombée…

-Et alors ? Tu sais j'ai eu la même chose que toi quand mon père m'a appris à faire du vélo. Je suis tombé en me blessant à la tête.

-Ouche ! Tu as du avoir mal !

-C'est vrai que j'ai eu mal. Mais écoute, le principal c'est que je n'ai rien eu de très grave. Ce genre de chose arrive à tout le monde.

-Vraiment ?

-Vraiment.

Je l'ai embrassé sur le front en la serrant contre moi.

-Allez ! On recommence !

-Ouais !

Je l'ai aidé à pédaler comme il fallait jusqu'à ce qu'elle arrive à contourner les virages sans tomber. Elle continuait de plus en plus vite sur la route qui menait dans la forêt printanière sous un soleil de fin d'après-midi. Au moment où j'ai levé la tête vers le ciel, j'ai aperçus le visage de Suzanne avec sa longue chevelure dorée qui me souriait d'un air rêveur. Le ciel devenait jaune au crépuscule.

-Merci, Suzanne... J'aurais été perdu sans toi...

Mon commentaire

Il m'a fallu du temps pour écrire cette nouvelle. Beaucoup de temps. Maintenant que je l'ai terminé, c'est pour moi un soulagement et j'en suis fier. C'est la cinquième que j'ai finie. Maintenant, mon devoir est d'écrire des histoires un peu plus dans l'imaginaire qui s'éloigne un peu du style sombre et macabre et qui seraient plus destiné pour la jeunesse. Maintenant, les histoires macabres bercées dans une merveilleuse nostalgie apparaîtront encore. Celle-ci n'est pas la dernière. Il y en a bien d'autres dans ma tête qui ne demande qu'une seule chose, être exprimé sur du papier blanc depuis mon ordinateur. Mais écrire des histoires pour les enfants serait pour moi un pur bonheur. La tristesse serait toujours fort présente mais en plus positif avec une fin heureuse ou tout simplement une fin qui permet aux personnages d'avancer à leurs rythmes en faisant leurs adieu à certains de leurs proches pour rencontrer d'autres voies et d'autres personnes sous un soleil éclatant d'un bonheur infini en oubliant jamais leurs passés.

C'est exactement comme je l'ai décrit dans ma nouvelle. D'ailleurs, cette histoire est une vrai moral pour tout un chacun car elle nous permet justement de reprendre confiance en nous quelques soit les difficultés rencontré dans la vie afin d'être heureux.

Forgotten nous l'exprime au fur et à mesure de son histoire. Au début je ne pensais pas vraiment décrire une fin heureuse. Cependant, l'idée que certaines d'entre elles se termine parfois en suspense ou entre le bien et le mal, j'ai tout de suite pensé qu'il serait préférable que Guillaume s'en sorte en bonne voie en lui donnant la force de vivre à la personne qui lui est le plus chère. Pour moi, c'était mieux comme ça. Dans le cas contraire je n'aurais su trouver qu'une fin trop ordinaire à mon goût.

Dans cette nouvelle, presque toutes les émotions y sont présentes : la peur, la tristesse, la cruauté, la joie, le bonheur, la haine et l'amour.

Lorsque je l'ai terminé, je ressentais du bien-être mais aussi de la mélancolie. J'étais triste de quitté Suzanne et Guillaume qui sont en gros le cœur de l'histoire. Le passage qui m'affecte le plus, c'est quand Guillaume revient dans son village d'autrefois en compagnie de ses enfants où il rencontre un petit garçon qui lui rappelait étrangement celui qu'il était à cet âge. Quand Guillaume quitte le village en laissant Mano derrière lui, on se demande ce qu'il va devenir. Et bien pour vous dire, il y a de fortes chances qu'il emprunte la même voie que Guillaume sans l'esprit de Suzanne bien sûr mais sûrement avec quelque chose d'aussi fort comme ce que Guillaume a vécu.

Dans une des visions où Guillaume voit son père, celui-ci lui affirme qu'il avait une sœur qui est décédé à la naissance 1 an avant lui. C'est ce qui m'est arrivé. J'avais une sœur nommé Axelle morte en venant au monde en 1994. Je trouve ça triste, mais je ne l'ai pas connue. Personne ne connait la cause exacte de sa mort. Nous ne l'avons jamais vraiment su.

Quoi qu'il en soit, cette nouvelle est pour vous un cadeau de la vie qui vous apprendra à accepter vos différences ainsi que vos croyances et votre façon de voir les choses. Moi aussi j'ai eu très difficile à m'accepter à une époque. J'étais fort renfermé sur moi-même. Mais quand j'ai découvert que je savais écrire des histoires, ça a été pour moi le plus beau cadeau que Dieu m'ait donné. Et je le remercie…

Les larmes

du passé

Parfois, nous souhaitons revenir en arrière. Nous prions Dieu afin qu'il nous renvoie dans le passé. Malheureusement on sait tous que cela est impossible. Je ressens ce sentiment depuis quelques jours ; l'envie de revenir au temps de ma jeunesse. Pour quelle raison à votre avis ? Je viens de perdre une personne qui m'était chère à l'époque. Aujourd'hui je me rends à son enterrement. Les funérailles se déroulent à l'église des âmes perdues. C'est avec nostalgie que je reviens dans le village de mon enfance. Le temps au dehors est maussade et gris. Depuis mon rétroviseur je peux apercevoir une larme couler le long de ma joue. Lorsque que je parcours la route menant à

Heartdream, il commence à neiger. Cela fait 30 ans que je n'ai pas remis les pieds ici. Pourquoi revenir seulement après tant d'année ? En vérité, j'ai quitté Heartdream à l'âge de 16 ans pour une nouvelle vie. Mais je n'ai jamais oublié mon enfance, ni mes amis, ni la personne que j'aimais le plus au monde. Hélas, la vie n'est pas éternelle. On se demande toujours ce qu'il y a après. Perdre quelqu'un qu'on aime laisse toujours une blessure en nous. Mais nous n'oublions jamais les merveilleux moments passés avec eux. Quelque fois, il nous arrive de nous dire : « J'espère que tu ne mourras jamais. Le temps passe trop vite. Est-ce que on a encore beaucoup de temps ensemble tu crois ? » Et puis un jour vient le moment attendu que l'on redoute… Pourquoi faut-il que certaines personnes s'en aillent ? Et pourquoi d'autres arrivent ? La réponse est simple : c'est le cercle de la vie. Tout le monde finit par y passer. Tout le monde finit par accepter cette déchirure qui provoque le chagrin en chacun de nous. Mais la vie continue…

Arrivant au village je me rendis compte que certaines maisons furent abandonnées, n'ayant aucun signe de vie à l'intérieur. Mais l'endroit n'a pas changé. La seule chose qui me fit mal au cœur c'est que Heartdream fut plongé dans une profonde nostalgie. Je tentai d'admirer chaque endroit comme chaque détail. Mon cœur se serra. J'eu le sentiment de revoir les fantômes de mon passé. Face à moi, je reconnus aussitôt la maison dans laquelle j'ai vécu. Je fus surpris lorsque je vis sortir une petite fille aux longs cheveux châtains. Sa robe de nuit blanche n'eut aucun signe de propreté. Et ce fut bizarre… Car la porte ne bougea pas d'un poil. La petite fille eu l'air très triste et pensive pendant qu'elle me regarda me garer en dessous des arbres qui entourèrent l'église.

Je sortis de la voiture et rejoignit l'entrée de l'église. De nombreuses personnes occupèrent les bancs se tenant face au curé qui entama son discours pendant une demi-heure : « *Maria était une femme au cœur d'or. Elle était généreuse. Elle veillait sur chacun de nous. Maria… Pourquoi nous as-tu quittés ? Pourquoi es-tu partie si tôt ? Maintenant, Dieu veille sur toi en compagnie des anges et de son fils Jésus. Maria était une femme très courageuse. Ses plus grands passe-temps, était de faire la cuisine et de tricoter. Une femme tellement gentille ! La chose la plus merveilleuse qu'elle ait faite, c'est d'avoir sauvé la vie d'un enfant qui a échappé de justesse à la déportation en 1944. Elle s'est occupé de lui, l'a choyé et lui a donné tout l'amour qu'une mère puisse donner. Il faut savoir que même si Maria n'est plus là, son âme demeurera dans nos cœurs pour toujours. Personne ne peut dire pourquoi le chagrin s'emparera de nous pour le reste de notre vie. Mais dans un sens, on se dit que Maria est sûrement ici... avec nous. Qu'elle nous regarde et qu'elle veut nous faire comprendre qu'elle est en paix et que l'on doit continuer à vivre. Elle veut nous dire, que même si on ne la voit pas, elle sera toujours là à nos côtés... »*

En entendant ces mots, je me mis à pleurer. Je ne pus m'empêcher de retenir mes larmes. Maria m'avais adopté à l'âge de trois ans. Pendant des années, elle m'a caché la vérité concernant ma vraie mère qui avait été déporté mais qui est réapparue lorsque j'ai eu 16 ans. Durant toute mon enfance je pensais que Maria était ma vraie mère. Mais je savais qu'elle voulait me protéger et me garder auprès d'elle. Et quand j'ai su que ma vraie mère était venue à Heartdream pour me retrouver, j'ai su à quel point cela était merveilleux et très triste à la fois. Chaque nuit, je faisais des rêves qui me prédisaient qu'une personne proche de moi était en vie et qui allait venir me chercher un jour ou l'autre. Je pensais qu'il ne s'agissait que d'un rêve. Mais quelques fois les rêves se réalisent sens qu'on s'y attende vraiment. Certaines nuits, mes rêves tournaient aux cauchemars. Je m'étais retrouvé dans une chambre. Je me sentais écrasé par des gens nus qui se bousculaient dans tous les sens. C'est à ce moment-là qu'il y a eu le gaz qui m'empêchait de respirer. Me sentant partir j'ai vu le visage d'une magnifique femme aux longs cheveux bruns et lisses qui me murmurait : « *Lucas…* *Lucas… réveille-toi…* » C'est là que je m'étais réveillé en sursaut. Ce visage était celui de ma mère biologique. Au début j'ignorais qui elle était. Jusqu'au jour où je l'ai rencontré…

Je savais qu'en quittant Maria, je ne la reverrais jamais. Mais nous sommes tous confronté à un destin différent. Ce fut un vrai déchirement de la quitter ainsi que mes amis et ma petite amie. Lorsque j'avais 5 ans, je m'étais lié d'amitié avec une petite fille qui s'appelait Paula. Elle habitait dans la même rue un peu plus haut. On jouait souvent ensemble. Et quand je suis tombé amoureux d'elle, elle a dû partir… Ses parents avaient divorcé. Elle était partie vivre avec sa mère loin d'ici. Mon chagrin était profond. Mais Maria était là pour me consoler quand j'en avais besoin. A chaque fois que je sentais la tristesse venir en moi, elle me prenait dans ses bras.

Le temps a passé… Je m'étais fait de nouveaux amis. Nous étions cinq en tout. Il y avait donc moi, Eliot, Charlie, Amélie et Maureen. Tous étaient des amis exceptionnels. Notre petit groupe a tenu cinq ans. Ensemble, on faisait tout. On allait dormir l'un chez l'autre. On faisait des cabanes chez moi, on jouait à cache-cache, Maria nous emmenait souvent au cinéma et dans des parcs d'attractions. On se racontait même des histoires d'horreur pendant Halloween. On passait des moments merveilleux. Après,… la chaine de l'amitié s'est brisée… Amélie et Charlie avaient fini par se détesté. J'ai essayé de les réconcilier. Hélas, ça n'a pas suffi. Par une fin d'après-midi, chacun a pris sa route vers un avenir incertain qui se révélait être meilleur. Je ne les aie jamais oubliés…

Après cela, j'étais resté trois ans tout seul sans avoir quelqu'un avec qui partager mes moments de bonheur. J'étais souvent triste et déprimé. Trois ans… sans amis,… sans rien… Heureusement que Maria était là. Et puis un jour, j'ai rencontré une fille. Aline elle s'appelait. Elle était d'une beauté indéfinissable. J'avais 16 ans quand elle est arrivée à Heartdream. Nous sommes tombés amoureux l'un l'autre. Je savais qu'à cet instant je n'allais plus être seul. Je me souviens encore de notre premier baisé sur notre grand arbre perché. Cet arbre dominait la forêt de Heartdream. La vue qui s'étendait à des kilomètres était superbe ! J'y allais très souvent avec Paula, puis avec mes quatre amis et enfin avec Aline. On admirait le soleil couchant à l'horizon. Ça a été la dernière personne que j'ai invité à grimper à cet arbre. Ils nous arrivaient même de courir à travers les champs de fleurs. Aline ! Mon premier amour ! On s'était juré de rester ensemble tous les deux pour le reste de notre vie. Mais quand ma vraie mère a débarquée, je savais que notre amour allait s'envoler pour toujours. Comme un oiseau qui doit quitter son nid. J'ai dit Adieu à Maria, cette femme tellement généreuse qui m'aimait plus que tout ! J'ai embrassé Aline pour la dernière fois… J'ai même pleuré dans les bras de ma mère adoptive et j'ai quitté Heartdream. Depuis la vitre arrière de la voiture je les contemplais tous les deux entrains de pleurer en agitant leurs mains en signe d'au revoir.

J'ai appris à mieux connaître ma vraie mère qui avait survécu au massacre. Elle aussi était armée d'une grande générosité. Elle avait une très grande maison au cœur d'une magnifique forêt. Nous sommes devenus très proche. On a fait des tas de choses ensembles. Mais je n'ai jamais oublié Maria…

Aujourd'hui, alors que je contemple son cercueil, je ne peux m'empêcher de la pleurer et de lui dire qu'elle a été une mère exceptionnelle. Lorsque je fus sorti de l'église, la petite fille se tenait face à moi. Les gens passèrent devant elle alors que nous nous dirigeâmes vers le cimetière. Je l'eu perdue de vue lorsqu'un papillon aux ailes d'anges passa à mi-hauteur de mes yeux. Il vola paisiblement vers les grilles ouvertes alors que le curé arriva accompagné de ses hommes emportant le cercueil. Maria devait être enterrée au centre sous une statue d'ange. Le trou fut déjà creusé. Tout le monde se rassembla autour. Tout le monde ; y compris moi.

A l'instant où le cercueil fut posé le curé se mit devant nous en affirmant que Maria a vécu une enfance malheureuse car elle avait été abandonné à l'âge de trois ans et que la famille qui l'avais recueilli la maltraitait sans cesse. Personne ne peut imaginer à quel point la maltraitance des enfants est un acte qui nous affecte tous. Mais ma mère adoptive n'a jamais perdu courage et que tôt ou tard quand elle aurait des enfants, elle ne commettrait pas la même erreur que ceux qu'ils l'avaient détesté. Maria aura été le plus beau cadeau que Dieu puisse donner et son âme restera encrée dans nos cœurs, à jamais.

Certaines personnes pleuraient, d'autres restèrent sans le moindre signe d'expression à part contempler le cercueil qui descendait en contrebas après que j'eu déposé une rose. Je ne pus m'empêcher de regarder les tombes recouvertes de neige en me remémorant chaque souvenirs de mon enfance. Au loin, j'aperçus un chat noir nommé Kenry qui me regardait d'un air triste avant de s'éloigner lentement à travers la forêt qui encerclait le monde des morts. Des minuscules flocons se dispersèrent dans l'air pendant que je regardai vers le ciel en espérant trouver un réconfort. Le papillon aux ailes blanches s'est posé sur la statue de l'ange.

Nous sortîmes du cimetière. Là, je revis la petite fille. A l'instant même, je vis une larme coulé le long de sa joue gauche. Elle s'est dirigé vers la maison dans laquelle j'ai vécu mon enfance. En la suivant, je regardai aux alentours en croyant entendre des voix qui me fut familières : « *Lucas, quoi qu'il arrive, quelques soit les difficultés rencontré dans la vie, tu seras toujours mon meilleur amis.* » Ce fut la voix d'Eliot alors que je contemplai sa maison en face de la mienne. Lorsque je fus devant ma porte, la petite fille me fit signe d'entrer… au moment où j'entendis une autre voix : « *Je t'ai adopté à l'âge de 3 ans… Je me suis toujours occupé de toi… Je n'imagine même pas comment les choses se serait passé, si je ne t'avais pas dit la vérité… Mais parfois, certaines choses sont à éviter… Mais sache que quoi que tu fasses, où que tu ailles… Je t'aimerais… et t'aimerais toujours…* »

Je failli fondre en larmes lorsque je pénétrai à l'intérieur de la demeure sinistrement délabré. Ce n'était plus la maison charmante que j'ai connu autrefois. Toutes les pièces furent assombries et la suie recouvrait la tapisserie. La petite fille me guida vers la cheminé où je passais mon temps à me reposer lorsque j'étais malade pendant l'hiver. Ma mère adoptive me préparait même des gâteaux et du lait chaud. J'ignorai ce que la petite fille voulait me montrer mais à l'instant même, je découvris une petite trappe dans laquelle se trouvait une étrange photo. C'était le même visage que la petite fille, les mêmes cheveux, les mêmes yeux et la même robe miteuse qu'elle portait. Mon regard alla de l'enfant à la photo. Lorsque je la retournai quelque chose me frappa au cœur. Sur la face blanche il était inscrit : « *Maria Timerlove âgé de 6 ans.* » J'eu enfin compris que cette enfant n'était pas réelle mais un fantôme venu du passé. Mes yeux se posèrent à nouveau sur la petite fille dont les larmes lui coulèrent le long des joues.

-M… Maria ?

Elle hocha la tête.

Je lui tendis la main mais lorsque celle-ci approcha la sienne vers la mienne nous fûmes incapables de nous toucher l'un l'autre. Je voulus la prendre dans mes bras mais chaque fois, j'eu l'impression de fendre l'air. Mes larmes coulèrent aussi. Pourquoi je ne pouvais pas la toucher ? J'aurais tellement aimé la serrer contre moi dans l'espoir d'avoir du réconfort. Malheureusement Maria fut décédée et cette fille ne fut que l'esprit de son enfance dévasté.

-Je suis désolé de ne pas pouvoir te sentir…

Les larmes de Maria coulèrent de plus belle. Mais elle resta silencieuse. Je mis la photo dans ma veste. Je voulu sortir à tout prix. Je laissai cette pauvre petite Maria toute seule alors que je me dirigeai tout en haut du village vers les grilles fermées qui m'empêchèrent de pénétrer dans la forêt. Le papillon aux ailes d'anges est revenu en se posant sur la barrière. Je me rendis compte que les grilles ne furent pas verrouillées. Je pus franchir le chemin de terre neigeux agrémenté de feuilles mortes. Au loin j'aperçus le grand arbre qui dominait tout ; l'arbre de mon enfance.

-Lucas ?

Je me retournai et mon cœur explosa dans ma poitrine.

-A… Aline ?

-Qu'est-ce que tu fais ici ? Demanda-t' elle étonnée.

-Je… Je me promenais…

Elle s'approcha de moi en me prenant la main. Après toutes ces années, je ne pensais pas pouvoir la retrouver.

-Tu es toujours aussi beau qu'avant, affirma-t'elle en me caressant le visage.

-Et toi tu es toujours aussi magnifique. On marche ?

-D'accord... La mort de ta mère nous a tous affecté tu sais...

-Oui...

-C'est incroyable !... Une femme tellement gentille ! Tellement optimiste !... Elle a dut nous quitter... Je l'ai toujours trouvé exceptionnelle ! T'as eu une mère en or... J'ai été déchiré quand tu es parti...

-Malheureusement je n'avais pas le choix... Je devais vivre avec ma vraie mère... Elle aussi était généreuse. Mais chaque fois je repensais à Maria.

-Tu ne l'as jamais oublié n'est-ce pas ?

-Comment pourrais-je vous oublier ? On n'oublie jamais les gens qu'on aime. Mais parfois la vie change...

-Et tu t'es marié ? Tu as des enfants ?

-Oui, j'ai une femme et trois enfants. Deux garçons et une fille.

-Et tu les aimes ?

-Oh, oui ! Plus que tout ! Et toi ?

-Je suis célibataire. J'avais un mari mais il est mort il y a 5 ans. Je n'ai jamais eu d'enfant.

-Non ?

-Non… Mais j'aurais tellement voulu en avoir. Malheureusement, la vie ne vas pas comme on veut.

-Non, c'est vrai.

Nous arrivâmes près du grand arbre.

-ça me plairait tellement d'y grimper à nouveau.

Je lui souris.

-Après toi.

Je la hissai sur la première branche et je grimpai à mon tour. Nous escaladâmes l'arbre jusqu'au sommet. Lorsque nous fûmes arrivé sur la dernière branche, nous ne pûmes nous empêcher d'admirer le ciel. Tout le paysage était enneigé. Je sentis que Aline me pris la main.

-Je suis tellement heureuse de te revoir, Lucas.

-Tu ne t'imagines même pas ce que moi je ressens alors…

-Dis-moi, tu croix que, je pourrais t'embrasser ? Comme autrefois ? Je me rappelle que toi et moi on voulait aller beaucoup plus loin et faire notre vie ensemble…

-Oui, je sais Aline… Je sais… Mais… je croix… qu'il vaut mieux laisser tout ça derrière nous… je suis avec quelqu'un d'autre maintenant…

Aline eut les larmes aux yeux.

-Mais… si tu n'avais pas cette personne en ce moment,… toi et moi,… ça serait différent maintenant ? N'est-ce pas ? Tu voudrais ?

-…Oui, Aline. Evidemment.

Je lui caressai la main.

-Quand mon mari a décédé, j'ai été complètement anéantie… Mais… je n'ai jamais cessé de penser à toi… Je ne t'ai jamais oublié… Comme toi, tu n'as jamais oublié ta mère, ni tes amis ni même moi… Et j'imagine que ce que tu dois te dire la maintenant : que ça ne sera plus possible, que ça ne sert à rien que je remue le passé sans cesse. Et tu t'imagines surement ce que je dois endurer sur le fait de ce que je n'ai pas vécu avec toi. Mais d'un autre coté tu penses certainement que je vais beaucoup trop loin dans ce que je dis, car je me fais encore trop d'espoir pour être à nouveau avec toi… parce-que je sais que notre amour a tourné à l'impossible quand tu es parti… Je ne pensais même pas te revoir un jour… Maintenant je sais ce que ça fait de retrouver une personne qu'on aime le plus au monde… ça me rend super heureuse mais triste à la foi…

-Oui, j'imagine… Mais au fond je t'aime toujours… comme je t'ai toujours aimé…

Elle sourit.

-Je suis désolé que tu n'aies pas pu revoir Maria, Lucas…

-Tu sais,… je m'y fais…

Aline se mit à pleurer à chaudes larmes et je la pris dans mes bras.

-C'est dingue comme les choses peuvent changer au point de ne plus revivre les mêmes moments de bonheur. Mais il faut que tu sache une chose Lucas, que quoi qu'il arrive, je t'aime et je t'aimerai toujours…

Je passai ma main dans la chevelure d'Aline. Mes larmes perlaient. J'admirai encore le ciel pendant quelques minutes avant de reposer les yeux sur elle. Elle dormait. A ce moment-là (et j'avais tout prévu) j'ai pris mon carnet de notes avec un stylo et j'ai commencé à écrire. Tous mes souvenirs qui furent gravés dans ma mémoire, je les exprimai sur mes feuilles blanches. Toute mon histoire : le jour où Maria m'a recueilli, les moments passé avec elle, ma rencontre avec Paula, mes amis, mes premières expériences passé avec Aline, mes rêves et enfin mon départ... Tout cela fut encré dans mon cahier pendant qu'Aline dormait paisiblement sur mes genoux. Tous ces souvenirs ne fut que le premier chapitre de ma vie. Quant au deuxième, il fut centré sur mon retour à Heartdream des années plus tard, avec ma plus belle retrouvaille,... Aline. Je pourrais même écrire son nom sur toute les pages, jusqu'à la dernière, comme une vie qui commence et qui se termine dans une des plus belles nostalgies.

Dans la vie, il y a des gens qui ne connaissent pas le bonheur. Ils n'ont aucune idée de ce que ça créée en chacun de nous. Mais d'autres en vivent tellement, qu'ils finissent par n'espérer plus rien et en devienne fatigués. Les moments de bonheurs ne sont pas toujours présents. La plupart du temps on espère et on souffre pour certaines choses en particulier. Et puis un beau jour, quand le moment tant attendu surviens sans qu'on s'y attende c'est à ce moment-là que l'on est émerveillé. Car quelqu'un qui a toujours tous ce qu'il veut, n'est pas spécialement le plus heureux du monde. L'argent et le matériel ne font pas le bonheur mais les personnes que l'on aime sont très importantes à nos yeux. Surtout lorsqu'on les retrouve après des années.

La mort de Maria me rend très triste mais je fus très heureux de retrouver Aline même si je ne pus l'embrasser comme autrefois. Pourtant, l'envie me démange… mais je ne peux pas. Tout cela, je l'écris dans mon cahier.

Je ne reviendrai plus à Heartdream. Une fois que j'aurai fini mon texte, je descendrai de mon arbre, en laissant Aline, toujours endormie, toute seule au pied du tronc et je quitterai le village. Mais avant cela, je tenais à lui laisser quelque chose, une montre en chiffre romain que m'a offerte ma femme. Je tenais à ce que ça lui laisse un souvenir. Je voulu rester encore auprès d'elle après avoir écrit ma dernière phrase. Je la serrai contre moi alors que le papillon aux ailes d'anges volait à travers tout le paysage avant de rejoindre le ciel.

« Viens avec moi Paula. Tu veux que je t'aide à grimper ? »

« C'est tellement beau ! »

J'entendis ma voix et celle de Paula à l'époque où on jouait ensemble. C'était la première fois que j'ai grimpé dans cet arbre. Je ne pus m'imaginer à quel point le paysage était magnifique. Surtout en hiver. Je l'ai même noté dans mon cahier que j'ai voulu laissé pour Aline. Et ce fut la dernière phrase. Quelques lignes en dessous, j'ai mis à côté des initiales P.S : « *On se reverra peut-être un jour… Et quoi qu'il arrive je t'aimerai toujours…* »

Mon commentaire

Vivre dans nos souvenirs peut être bon comme mauvais. Chacun peut le vivre à sa manière. Soit en entendant des voix familières qui sont resté gravé dans nos cœurs, soit en voyant des fantômes des personnes que l'on a connues.

Moi par exemple, je peux revivre des souvenirs en admirant une étoile dans le ciel qui laisse place à la nuit. Je peux imaginer n'importe quelle histoire sur une personne que je peux rencontrer, un membre de ma famille ou sur quelque chose d'irrationnelle qui se cache derrière cette faible lueur qui perce la couche bleu marine qui nous entoure. J'ai toujours été persuadé qu'un autre monde existait au-delà de l'infini.

Ce sentiment de nostalgie peut se révéler à de la tristesse où à l'espoir qui donne envie de vivre afin de ne pas aboutir à un échec.

C'est à cause de cela que j'ai voulu décrire ce sentiment dans ma nouvelle. Cette histoire est l'une des plus sentimentales et des plus émouvantes en laissant une lueur d'espoir vers la fin.

On finit toujours par retrouver les personnes que l'on a perdues de vue lorsque l'on s'y attend le moins.

Le destin parfois nous joue des tours. Et comme chez chacun de nous, quand une fenêtre se ferme, Dieu en ouvre une autre. C'est ce qui est décrit quand Lucas perd sa mère adoptive avant de retrouver Aline pour la dernière fois… peut-être est-ce une dernière fois ? Chacun à sa propre opinion.

Il y a des années je jouais avec une petite fille qui habitait à une des maisons derrière chez moi. On jouait souvent ensemble et on s'entendait bien. Mais un jour ses parents ont divorcés et elle a dû partir avec l'un d'eux. Je ne l'ai jamais revue. Mais cette histoire nous raconte que les choses parfois doivent changer. Au fil du temps, je me suis lié d'amitié avec d'autres personnes. La petite fille que j'ai connue a fait sa vie loin de moi et je continue la mienne de mon côté. Je devais avoir à peine cinq ans mais je m'en souviens encore…

La

lanterne

Max a été abandonné lorsqu'il n'était encore qu'un bébé. Il fut déposé sur le pat de la porte de l'orphelinat des Monts Sauvages. Le foyer se trouvait dans un village en bas des montagnes et était isolé au bord d'une route qui serpentait jusque dans les bois. Derrière le vieux bâtiment se trouvait un étang au beau milieu d'une prairie fleurie parmi les arbres. Lors des journées ensoleillées, les rayons projetaient leur lumière à travers les branches en laissant entrevoir une lueur étoilée sur la surface. Les oiseaux chantaient, les papillons voyageaient à travers le jardin sous une ambiance calme et apaisante. Au-delà du paysage se trouvait les vallées encombrés de sapins. Lorsque l'on se promenait au sommet des montagnes, on pouvait contempler le soleil se coucher entre deux collines. L'endroit était merveilleux.

Durant les premières années de son enfance, Max se posait parfois des questions sur ce qu'il était advenus de ses parents. Malgré sa mélancolie, il avait des amis autour de lui, ainsi que des surveillants et des professeurs qui l'aimait énormément. Mais les deux premières personnes auquel il se sentait le plus aimé n'était autre que la directrice de l'établissement et Amélia, une jolie petite fille un peu plus âgée que lui qui le soutenait et le chérissait tendrement.

Ces deux tourtereaux étaient inséparables. Bien souvent, avant de dormir, Amélia inventait des histoires à son ami pour l'aider à trouver le sommeil quand il faisait des cauchemars. Parfois, ils quittaient l'orphelinat pendant la nuit pour aller s'aventurer dans la forêt des Monts Sauvages afin d'y vivre des purs moments de bonheur et de nostalgie sous un ciel étoilé. Ils se serraient l'un contre l'autre en admirant la lune qui éclairait l'obscurité. Durant les journées de congés ils allaient se baigner dans l'étang jusqu'au crépuscule. Ils passaient également beaucoup de temps en compagnie de ses amis. Il se sentait heureux.

Mais au fond de lui-même, il avait peur. Ses plus grandes frayeurs était le lépreux de son cauchemar et de perdre Amélia. Et bien sûr il craignait de ne pas exister. Il n'a jamais connu ses parents ; ce qui a entraîné une terrible sensation de vide dans sa vie. Lui qui a toujours voulu savoir qui il était et d'où il venait.

Concernant ses rêves il se retrouvait souvent seul dans les bois où il rencontrait une ombre encapuchonné qui n'était autre qu'un homme rongé par une maladie mortelle. Max pouvait voir l'homme s'approcher de lui en montrant son horrible main putréfié. Il s'avançait lentement vers l'enfant avant de se jeter sur lui. Le visage du lépreux était contre celui du petit garçon. Les pupilles jaunes s'allumèrent comme deux petites flammes au fond des orbites noires et menaçantes du malade. Du sang dégoulinait de sa bouche entrouverte avant qu'il ne lui plaque la main sur sa bouche afin d'éviter les hurlements de Max. Le pauvre enfant sentait l'odeur de la décomposition. Max Réussit à éjecté l'homme encapuchonné grâce au coup qu'il lui donna dans le ventre et se releva. Mais lorsqu'il vit l'état de ses mains qui se décomposaient très vite il se mit à hurler. Le lépreux était derrière lui. Max sentit sa main sur son épaule gauche avant de se réveiller en sursaut dans son lit. Il hurlait de plus belle. La main qu'il avait senti sur lui n'était autre que celle d'Amélia et non celle d'un inconnu attaqué par la lèpre.

-Max ?! Tout va bien, Max !... Je suis là… C'est moi…

-Amélia ?!

-Oui… Chuuut… Tu ne crains plus rien, je suis près de toi maintenant…

Max pleura à chaude larmes dans les bras de son amie. Cela faisait peu de temps qu'il venait d'avoir 4 ans. Amélia avait deux ans en plus que lui.

-Tu as fait un cauchemar ?

-Ou-oui…

-De quoi as-tu rêvé ?

-D'un horrible visage… Un visage très laid… Il voulait m'emmener… J'ai peur Amélia… Reste près moi s'il-te-plaît…

-D'accord… d'accord, je vais rester avec toi.

Amélia s'engouffra dans la couette et reprit Max dans ses bras. Elle lui caressa la tête pour l'aider à se rendormir.

-Endors-toi… endors-toi…

Max a fermé les yeux et recommença à rêver. Cette fois ce n'était pas un cauchemar. Mais les images qu'il vit semblèrent curieuses. Le visage d'une jolie jeune femme apparut sous une lumière éblouissante.

5 ans ont passé…

Max et Amélia étaient toujours les meilleurs amis du monde. Ils se baignèrent tous les deux dans l'étang sous le regard des professeurs et de la directrice. Celle-ci ne put s'empêcher d'avoir de l'admiration pour Max. Elle les vit s'enlacer par la taille sous les rayons qui éclairèrent la forêt. Max reposa sa tête contre Amélia en fermant les yeux. La directrice ressentit des papillons dans le cœur.

-On devrait les marier ces deux-là ! Affirma la prof de français armée d'un grand sourire.

-Aller, les enfants ! Il est l'heure de rentrer ! On doit aller manger !

Le soir approcha et tous les élèves de l'orphelinat se préparèrent pour rejoindre leurs professeurs. Le repas fut un délice. Le cuisinier leurs a servi des boulettes à la sauce tomate avec un accompagnement de frites. Ils eurent droit à un dessert qui n'était autre que des gaufres à la crème chantilly. Max s'est servi plusieurs fois au côté d'Amélia. A la fin du souper, les enfants rejoignirent leurs chambres au dixième étage. Max et Amélia se tinrent la main en passant dans l'immense hall d'entrée tout en gravant les marches qui leurs semblèrent interminables.

Lorsqu'ils approchèrent de leurs dortoirs, leurs mains se séparèrent pour y entrer. Max se débarbouilla avant d'enfiler son pyjama et de s'engouffrer sous la couette. Il regarda au plafond longtemps en essayant de trouver le sommeil. Depuis sa fenêtre entrouverte dont les rideaux furent bercés par le vent, il entendit le hululement d'un hibou. Mais le plus perturbant c'est qu'il se posait des questions. Il se demanda combien de temps encore il resterait auprès d'Amélia ? Combien de temps vivrait-t 'il dans cet orphelinat ? Et surtout, combien de temps ferait-il encore des rêves au point de se réveillé en sursaut et d'avoir des angoisses. Tout ce qu'il souhaitait le plus au monde, c'était de rester au Monts Sauvages pour le restant de sa vie. Absorbé par la fatigue, Max finit par s'endormir…

L'enfant reposait au pied d'un arbre en pleine forêt. Il dormait profondément. Une branche aux doigts crochus lui caressa le dos avant qu'il ne se réveille en bondissant. En reculant de justesse il s'aperçut que l'arbre avait deux grands yeux jaunes perçants. Sa branche droite à la main décharnée et crochue s'est installé derrière le dos du petit garçon. Le vielle arbre ouvrit sa bouche pour lui murmurer quelque chose. Il avait les dents très pointues.

-Max !... Dit-il d'une voix grave et caverneuse.

-Qui… qui êtes-vous ?

-Quelqu'un que tu ne pourras jamais décrire à qui que ce soit.

-Pourquoi suis-je ici ?

-A toi de répondre à la question.

-Je rêve c'est ça ?

-Nous y voilà… Max, tu dois savoir une chose très importante. Tu es un garçon exceptionnel. Tu as énormément de qualités que beaucoup d'autre dans le monde n'ont pas. Tu possèdes un amour en toi que personne ne peux imaginer. Certains savent… mais d'autre pas…

-Qu'est-ce-que vous voulez dire ? Je ne comprends pas très bien.

-La réponse est simple, Max. Tu as vécu à l'orphelinat des Monts Sauvages depuis ta naissance. Tu ne sais pas ce qu'il est advenus de ta mère qui t'a abandonné. Tu te poses énormément de question que d'autre de ton âge ne se posent pas ; en rapport avec toi-même, en rapport à ton passé et à ton avenir. Mais je peux te donner des réponses à tes questions.

-Comment pourrais-je vous croire ? Vous n'êtes qu'un rêve…

-Peut-être que j'apparais au plus profond de tes rêves. Mais cela ne veut pas dire que ces réponses te paraîtront impossibles à croire. Je connais bien plus de choses sur toi depuis ton inconscient.

-Alors si je comprends bien,… vous êtes l'arbre de la vérité ?

-Tu es parvenus à la bonne réponse, petit. Tu n'as pas à avoir peur. Je veux simplement t'aider.

-Que dois-je faire ?

-Si tu veux avoir des réponses à tes questions, le plus simple est de suivre le sentier qui te mènera à un trésor qui changera ta vision de ton inconscient.

-C'est-à-dire ?

-Tu fais souvent des cauchemars. Il arrive parfois que tu aies peur durant certaines nuits. Je me trompe ?

-Non… Bien au contraire. Je rêve souvent d'un lépreux qui me cour après… qui me veut du mal… Je ne sais pas pourquoi… je fais souvent ce rêve… Rien qu'à en parler ça me donne envie de pleurer…

-Ecoute, Max… Il y a certaines choses dans la vie d'un être humain qui se révèlent être bonne ou mauvaise. Les rêves que tu fais sont liés à ton obsession de savoir qui tu es réellement. Tu ne sais pas d'où tu viens, tu es terrifié à l'idée de perdre tes amis… en particulier la personne qui est très proche de toi.

-Amélia.

-C'est bien pour cela que tu dois te raccrocher à elle afin d'atténuer tes crainte. Elle t'aidera à te rendre plus fort. Mais ne t'attends pas à avoir seulement du positif. Car Amélia ne sera pas toujours là, Max. Un jour vous prendrez tous les deux un chemin différent.

-Je… je n'ai pas envie de la perdre… dit Max en pleurant. « Si elle s'en va, je serai triste pour le restant de mes jours… »

-C'est normal que tu sois triste. Mais tu devras apprendre à vivre avec la tristesse tout en gardant espoir… Max, il y a énormément de malheurs et de haine dans la vie qui peuvent être bien pires. Certains naissent pour faire l'amour et la bien d'autrui, tandis que d'autres veulent faire la guerre…

Max eut du mal à retenir ses larmes. Il ne pouvait s'empêcher de s'imaginer le pire pour son amie et pour lui-même.

-Mais cela ne veut pas dire qu'Amélia n'existera plus à tes yeux. Tu la verras encore dans tes plus beaux rêves et elle sera toujours dans ton cœur. Moi aussi je serai toujours avec toi…

L'arbre a posé sa main sur la tête de l'enfant.

-Comment vais-je trouver ce fameux trésor ? Mes cauchemars me font tellement peur !... C'est tellement horrible que ça me déprime…

-Pour cela, il te suffira de suivre ta destinée… Je serai avec toi pour te guider, Max. Tu n'es pas tout seul… Il suffit de suivre ta destinée… Il suffit de suivre ta destinée…

Le vent se leva et berça les feuilles de l'arbre et les cheveux de Max avant que des feuilles ne s'envolent à travers la nuit…

« *Il suffit de suivre ta destinée… é… é… é…* »

Max se réveilla vers 5 heures du matin. 3 heures avant que ses cours ne commencent. Il regarda vers la fenêtre entrouverte ; il avait senti le vent sur sa figure. Il crut entendre résonner la voix de l'arbre depuis son rêve. Cette voix lointaine lui répéta sans cesse les derniers mots qu'il avait écouté : « *Il suffit de suivre ta destinée…* » En se rappelant chaque mot de cette phrase il en eut la chair de poule. Le mot : « *destinée* » Résonna sans cesse dans sa tête en étant persuadé de l'avoir entendu très loin au dehors. Max sursauta à l'idée que son rêve soit réel. Il espéra du fond du cœur qu'Amélia ne parte pas et qu'il ne serait pas confronté à des moments difficiles. Il fut effrayé à l'idée de se retrouver tout seul en ayant pour seul compagnie, le lépreux de ses cauchemars qui ne voulait faire qu'une bouchée de lui. En plus de cette voix qu'il crut entendre dans le vent, Max perçut un autre son qui résonna depuis le plafond. Un simple petit bruit calme et aigu en continu mais qui l'inquiétait :

« *oooooooooooooooOOOOOOOOOOOOOOO OOOOOOOONNNNNNNNNNNNNNNNNNNN NNNNNNNNNNN...* »

Le bruit devenait de plus en plus fort dans le silence nocturne. Max se réfugia dans sa couette en tremblant de peur et de froid. Il finit par se rendormir au bout de quelques minutes.

Lorsque les cours commencèrent, Max se sentait mieux. Il était moins tracassé ; pourtant il repensait encore à son rêve. Il sembla sentir la fraîcheur du vent et de la nature qui encerclèrent le petit château. Il sembla sentir l'arbre de tout près. Il eut même l'impression qu'il s'empara de lui et qu'il le sera dans ses bras. Assis à côté d'Amélia, il ne put s'empêcher de regarder par la fenêtre ouverte et de contempler le paysage gris claire bercé par les brises à l'instant où un papillon de toutes les couleurs vint se poser sur l'appui.

Le papillon avait des rayures jaunes, des taches noires et des dessins orange, blancs et mauves. Max tenta de tendre son doigt afin qu'il vienne s'y poser. Il admirait ses couleurs diverses au moment où la prof de français l'appela:

-Max?

-Oui?

-Tu n'es pas attentif mon grand. Concentre-toi et répète ton imparfait s'il te plaît. Tu trouveras les sujets et les verbes à la page 10 de ton manuel.

-D'accord, pardon madame.

-Pas de soucis.

Max laissa le papillon s'envoler à travers les arbres afin de rejoindre le ciel…

"Suis ta destinée, Max…"

L'enfant sursauta.

-Max? Demanda Amélia. "Ça va?... D'où vient ce papillon?..."

-Je… je ne sais pas…

-Tu es sûr que ça va? Tu as l'air perdu…

-Non… Ne t'inquiète pas… ça va…

Durant le reste de l'heure Max essaya de se concentrer mais il eut très difficile à participer. Lorsque la cloche de la tourelle retentit, tous les élèves se mirent debout pour rejoindre la sortie.

Dans le grand couloir longé par de hautes fenêtres, Max marcha lentement en repensant à son rêve et à son avenir tout en évitant le regard strict du professeur Lockwoods. Il s'arrêta devant une des fenêtres pour y regarder l'étendue des montagnes et les arbres qui étaient séparés par la route qui s'engouffrait entre deux lignes de troncs. Mais ce qu'il regardait surtout c'était le ciel qui commençait à s'éclaircir. Le soleil projetait sa lumière à travers la fenêtre. Max versa une larme alors qu'Amélia le rejoignit. Il était émerveillé par son visage. Son amie lui prit les mains et tous deux se tinrent l'un en face de l'autre tel deux mariés à travers un rayon dorée rempli d'espoir…

Max se réveilla vers minuit, sortit de son lit et alla le plus discrètement possible jusqu'à la bibliothèque en espérant y trouver un livre relevant sur les cauchemars. Il descendit tous les étages quatre à quatre avant d'arriver dans le hall d'entrée où il aperçut la porte de la bibliothèque. Tous les murs étaient encombrés de livre. Il s'en approcha afin d'y vérifier les titres: Les rêves et vous, Les cauchemars les plus inquiétants, La deuxième vie de Henry Kennedy et enfin le père Damien et les lépreux de Molokaï: les cauchemars les plus terrifiants…

Max s'empara d'un des livres et l'ouvrit. Mais à cet instant un horrible visage attaqué par la décomposition apparût et se mit à hurler atrocement:
"AAAAAAAAAAAAAAAHHH!!!!!..." Du sang coula de sa bouche et de ses yeux et ses orbites ne montraient que le néant obscur. Du put ressortit du visage. Max referma brusquement le livre en le laissant tomber sur le sol carrelé au moment où une main se posa sur son épaule…

Max se réveilla en sursaut et n'arriva plus à dormir. Depuis la fenêtre entrouverte, il put apercevoir le papillon se poser sur le rebord. Intrigué par ses surplombantes couleurs, il se leva de son lit pour le voir d'un peu plus près.

Mais au même moment, le papillon s'envola à travers la forêt sous une nuit étoilée.

Max s'empara d'un pull bien chaud et des chaussures légères et quitta sa chambre sans faire de bruit. Il descendit les étages du château avant de rejoindre le hall d'entrée. Par chance la porte était entrouverte. Il sentit la fraîcheur et les brises de dehors qui ébouriffaient ses cheveux. Il n'y avait personne. L'enfant vit le papillon volé en haut des arbres qui longeaient la route qui alla jusque dans les bois. Il le suivit à travers la forêt. À l'entrée, des lucioles brillaient en se déplaçant lentement dans l'air. Max voulut en attraper lorsqu'elles illuminèrent son visage. Le sourire de Max représentait un signe d'espoir.

"Suis ta destinée, Max…"

Le petit garçon continua sa route en suivant la voix de son rêve. Il marcha pendant 1 heure. Autour de lui, il entendait des chuchotements et il crut voir des yeux jaunes qui l'observaient. Après avoir traversé la forêt, Max arriva au sommet d'une colline dont les sapins qui l'entouraient descendaient en contrebas de tous les côtés. Au centre, il pouvait voir le papillon se poser sur un support en bois d'où pendait une sorte de lumière de feu enfermé dans une cage de verre. Intrigué, Max voulu s'en approcher. Il put contempler la flamme de très près. Il tendit la main pour tenter de toucher la lumière alors que celle-ci s'agrandit laissant entrevoir une image se former à l'intérieur. Pétrifié par cette étrange apparition, il ne put s'empêcher de trembler. C'était la jeune femme de son rêve qu'il avait fait cinq ans plus tôt. Une femme aux cheveux blonds qui le regardait en souriant. Max ne put s'empêcher de lui sourire en retour. Mais cette femme silencieuse le contemplait en pleurant. Tous deux mirent leurs mains l'une contre l'autre en voulant à tout prix se prendre dans les bras afin de trouver une sensation de réconfort et d'espoir.

-Maman…

La jeune femme a répondu d'un hochement de tête. Max a enfin pu voir à quoi ressemblait sa mère qui l'avait abandonné. Il continua à lui sourire lorsque l'image changea d'un seul coup en un lépreux au visage horrible et à la main putréfiée qui fixait l'enfant d'un regard noir… Max sursauta en s'effondrant dans l'herbe. Pétrifié, il essaya de reprendre son souffle.

-C'est magnifique hein Max?

Il se retourna et vit Amélia dans une robe de nuit rose pâle, ses longs cheveux châtains qui tombaient jusqu'au bas de son dos. Son agréable visage était resté neutre.

-Amélia?

-Oui… je t'ai suivis Max. Je t'ai entendu te levé de ton lit. Je n'étais pas loin de toi. Et je t'ai suivi lentement jusque-là. Comme Beaucoup de personnes avant toi, tu as eu la chance de découvrir la lanterne des Monts Sauvages. Mais personne dans notre entourage n'a pu la voir à part toi… et moi bien sûr.

-Attends… tu es entrain de me dire que tu l'as vue toi aussi? Bien avant moi?

-Je l'ai découverte quand j'avais cinq ans. Et c'était pour moi une merveille de découvrir ce qui se cache à l'intérieur… Comme j'ai pu le constaté maintenant, tu as pu voir une femme qui n'était autre que ta maman. N'est-ce pas?

Max resta silencieux. Amélia vint s'assoir à ses côtés.

-Tu sais Max, quand je t'ai vu arrivé au Monts Sauvages, j'avais à peine deux ans. Et je me souviens encore de toi étant bébé… tu étais bien enveloppé dans ta couverture qui te réchauffait pendant que tu dormais profondément en rêvant de chose merveilleuse. Bien sûr tu étais trop petit pour t'en souvenir. Mais je pense que cette nuit-là, tu as rêvé de ta maman… Il t'arrive encore d'en rêver parfois?

-Oui…

-Quand tu en as rêvé pour la dernière fois?

-Tu te souviens quand tu m'as réveillé en plein cauchemars il y a cinq ans? Quand je me suis rendormi dans tes bras j'ai rêvé d'elle… Je m'en souviens comme si c'était hier… elle me souriait…

La voix de Max tremblait ; sa gorge se nouait.

-Seulement… je ne sais pas ce qu'il lui est arrivé…

-Il y a des choses que tu aimerais savoir mais que tu devrais éviter.

-Mais pourquoi est-ce qu'elle m'a abandonné?...

-Ecoute, Max, ta maman ne t'a pas abandonné sans raison. Tu veux savoir comment je le sais? Parce-que quand j'avais cinq ans, j'ai vu un souvenir de cette femme. Elle a dû te mettre à l'écart de son milieu pour tenter de te protéger… Ta maman souffrait d'une grave maladie… Elle a commencé peu après qu'elle t'a abandonné… Elle savait qu'elle allait mourir tôt ou tard…

-La lèpre!...

-Oui… et je pense que c'est à cause de ça que tu fais des rêves sur cette maladie… Le lépreux que tu vois dans tes cauchemars veut juste te faire comprendre qu'il n'est autre que la maladie qui s'est emparé de ta mère… Tu te souviens quand Monsieur Lockwoods nous avait montré un reportage sur les lépreux et que tu avais découvert la photo du père Damien dans le cours de religion qu'il nous avait donnés? Il avait la lèpre… Je me rappelle comment il t'avait humilié devant toute la classe quand tu pleurais. Il t'avait mis le bonnet d'Anne et il te frappait dans le dos avec sa règle…

Les larmes de Max coulèrent ; il sanglotait. Amélia le pris dans ses bras. Amélia sa meilleur amie qu'il considérait comme sa grande sœur et son plus tendre amour.

-Je sais ce que tu ressens… et je crois que ta plus grande peur c'est mourir… Mais ce qu'il faut que tu sache,… c'est qu'il y a quelque chose après…

-Comme quoi?...

-Il y a plusieurs possibilités… Parfois nous rejoignions un monde où vivent des fantômes ou alors il y a la réincarnation… D'ailleurs, j'ai découvert un livre à la bibliothèque il y a quatre ans. Il s'intitulait: "*La deuxième vie de Henry Kennedy*". Cette histoire parle d'un homme qui a accompli de grandes choses et qui avait une famille qu'il aimait plus que tout. Et oui,… il avait une femme et deux enfants. Un fils et une fille. Malheureusement un jour, il est mort dans un accident provoqué par son ami d'enfance qui était jaloux de son bonheur. Il est tombé par la fenêtre de sa chambre. Après son enterrement, il s'est réincarné en chat noir. Il était né dans un autre pays que le sien et il avait été recueilli par une vieille dame qui lui avait donné un collier où elle avait inscrit "Kenry" dessus. Bien sûr, il se souvenait de sa vie d'avant. Et il voulait à tout prix retourner auprès de sa famille afin de sauver ses enfants qui étaient gravement malades. Au fond de lui, il savait qu'il ne pouvait pas rester auprès des gens qu'il aime. Après avoir sauvés ses enfants, sa femme lui a proposé de rester auprès d'eux et qu'ils l'aimeraient. Mais Kenry a préféré partir et ne jamais revenir car il ne voulait pas avoir l'air d'un intrus en temps qu'animal. Alors il a continué son voyage…

Max sut à quoi Amélia fit allusion, il avait vu cet ouvrage dans le rêve qu'il venait de faire mais il ne voulut pas lui en parler.

-Est-ce que tu l'as déjà vu en vrai?...

-Non, Max. Mais ce que je sais, c'est qu'il peut vivre de nombreuses décennies. Ce n'est pas un chat comme les autres. Et je sais que où qu'il soit la maintenant, il continuera son voyage jusqu'à la fin de sa vie…

-Est-ce qu'il se sent triste tu croix?

-…Probablement, Max. J'en suis sûr, oui. Mais je sais qu'il garde espoir et qu'il vit l'avenir sans oublier le passé. Un jour il finira par mourir et je pense qu'il mourra seul.

-C'est ça qui me fais le plus peur Amélia… c'est de mourir seul…

-Je te comprends. Mais tu n'as pas à t'inquiéter. Je sais que tu as vécu des choses difficiles. Mais croix moi tu n'es pas le seul. Moi aussi je me suis toujours demandés ce qu'il était advenus de mes parents. Je me sentais abandonné, j'avais peur de me retrouver toute seule et de mourir un jour sans avoir personne à mes côtés. Je sais ce que ça fait. Je suis comme toi. Alors j'ai pris l'habitude de m'enfermé dans ma bulle imaginaire sans pouvoir en ressortir. Je m'imaginais toujours un monde bordés de magie à travers les étoiles. Mais au fil du temps j'ai fini par comprendre que je n'étais pas toute seule. Parce que tu étais toujours là pour moi. On a toujours du monde autour de soi même si on a l'impression de ne pas le voir. C'est bien pour cela que nous devons affronter la réalité. Ce n'est pas bon de toujours se réfugier dans les rêves, Max…

Le petit garçon pleurait à chaudes larmes en serrant très fort Amélia contre lui.

-Mais je serai toujours là pour toi… Quoi qu'il arrive je serai toujours là… Toujours…

Elle plaça la paume de sa main sur son cœur. Max ressentait un amour si fort que la main d'Amélia le réconfortait. Mais il se doutait que son amie ne serait pas toujours là. Il repensait à l'arbre de son rêve. Celui-ci s'était réalisé car il a pu découvrir cette fameuse lanterne qui lui a révélé sa véritable mère. Il a enfin pu savoir la vérité grâce à Amélia qui l'a toujours aimé. Mais cette nuit-là, Max eu encore bien plus peur de la perdre à jamais. Il était presque sûr qu'il serait séparé d'Amélia tôt ou tard… Et peut-être même que ses pires cauchemars se réaliseraient aussi… Mais la présence de la fille qu'il aimait le réconfortait et atténuait ses angoisses… Grâce à elle, il put ressentir un léger sentiment d'espoir et de bonheur. Max et Amélia se tinrent côte à côte et admirèrent la lanterne briller sous les étoiles d'une nuit paisible bercé par les brises...

-*Toujours*...

Alors que l'hiver est arrivé au fil des mois, Max se recroquevillait dans son lit bien au chaud dans sa couette pendant qu'Amélia se présenta devant lui.

-Je peux venir près de toi, Max?

-Oui,... bien sûr.

-Merci.

Max laissa une place à son amie. Elle le prit dans ses bras. Et elle avait l'air bien triste.

-Max,... j'ai quelque chose à te dire.

-Qu'est-ce que c'est?

-Et bien... C'est très difficile à dire... parceque j'ai peur que ça te fasse très mal tu comprends?

Max s'est retourné vers Amélia. Son visage était ruisselant de larmes.

-Amélia???

Elle serra Max si fort contre elle qu'il sut entendre son cœur cogner dans sa poitrine.

-Je… je vais partir, Max.

-Quoi?!

-Oui… je suis vraiment désolé, mon chou.

-Mais… non… non… ce n'est pas possible… Amélia, ce n'est pas possible… Non!

-Pourtant c'est la vérité… Une famille ma trouvé… c'est la lanterne qui me l'a prédit… Ils habitent très loin d'ici… mais ils vont voyager jusqu'ici pour venir me chercher…

-Amélia… tu dois partir quand?

-…dans quelques jours…

-Dans quelques jours?!! Non… Amélia je n'ai pas envie de te perdre… S'il te plaît, ne t'en vas pas!...

-Je suis désolée…

Max pleura dans les bras de son amie.

-Max,… écoute moi,… je sais que c'est dure… mais tu dois me promettre une chose… chaque nuit, quand tu auras peur ou quand tu penseras à moi avant de t'endormir, pense à tout ce qu'on a vécu. Pense à ta mère qui aurait pu t'aimer, pense à tous les moments heureux qu'on a vécu ensemble… Et si jamais tu as encore peur… Si jamais tu te sens triste… alors fais une prière en pensant à moi… dis-toi que j'irai très bien et qu'il ne m'arrivera rien… Dis-toi que même si tu ne

233

me vois pas, je serai toujours avec toi… dans ton cœur…

La jeune fille mit sa main sur le cœur de Max. Il se mit à battre plus fort. L'enfant se dit qu'il put raconter le rêve qu'il avait fait sur l'arbre de la vérité… mais d'un autre coté il comprit que cela ne fut pas nécessaire. Tout était lié à la lanterne ; celle qui lui à dévoilée la vérité sur sa mère.

Max sanglota contre Amélia pendant que la neige tomba au dehors. Le pauvre enfant redoutait la vérité depuis toujours ; il refusait d'admettre qu'Amélia s'en irait un jour. Mais les rêves qu'il faisait signifiaient son départ vers une autre destinée. Max sut à quel point elle lui manquerait pour le restant de ses jours. Et il sut aussi qu'il manquerait à Amélia… pour l'éternité…

La veille du départ d'Amélia, alors que le soleil se levait entre les monts sauvages, les deux enfants se tenaient sur le rebord de la fenêtre de la tourelle qui donnait une vue resplendissante sur les vallées. La tourelle était encombrée de chandelier et de bougie qui éclairaient la pièce lorsque la nuit tombait.

-Amélia?

-Oui?

-Quand tu as commencé à comprendre que tu n'avais pas de parents, qu'est-ce que tu as ressenti?

-Et bien,… je me sentais différente par rapport à ceux qui ont une famille… ça me rendais triste… mais au fond je savais que je n'étais pas seule…

-Amélia,… est-ce que tu es heureuse de partir?

La petite fille resta silencieuse, pensive…

-D'un côté je suis très heureuse qu'une famille puisse m'adopter… mais d'un autre,… je suis très triste de devoir vous quitter,… toi, la directrice, les professeurs, nos amis…

Amélia s'arrêta de parler lorsqu'une larme coulait le long de sa joue. Sa longue chevelure était bercée par le vent.

-Mais je ne serai jamais loin de toi… et je t'aimerai toujours quoi qu'il arrive… d'accord?

Elle lui prit la main.

-Je suis content que tu aies trouvé une famille… mais… je n'accepte pas le fait que tu dois partir… parce-que… …j'ai besoin de toi, Amélia…

Les larmes de Max perlaient lorsqu'Amélia s'empara de son autre main. Les deux enfants se regardèrent les yeux remplis de tristesse et de chagrin. Max et Amélia se rapprochèrent de plus en plus lorsqu'un doux baiser se présenta. Ils se tinrent par la taille et s'embrassèrent longtemps en fermant les yeux avant de relâcher leurs étreintes…

L'étincelle qui s'empara de leurs âmes donna une immense sensation de plaisir et d'espoir. Car l'amour est un sentiment que n'importe qu'elle personne en ce monde peut découvrir. Elle permet de chasser toute forme de malheurs et redonner goût à la vie. Max trembla de tout son corps et serra sa petite amie contre lui.

-Je t'aime…

-Moi aussi je t'aime très fort, Max…

Les deux enfants contemplèrent à nouveau le paysage main dans la main.

-Je n'ai jamais réalisé à quel point cet endroit est merveilleux…

-Je sais, Max… On se demande toujours ce qu'il y a au-delà d'un paysage… On peut toujours s'imaginer un monde nouveau… Mais personne ne peut vraiment le savoir… chaque être humain rêve d'une autre vie, avant de franchir son dernier voyage…

Le papillon volait majestueusement dans les airs en rejoignant le soleil. Lorsque la nuit tombait, les deux amoureux se demandaient ce qui pouvait bien se cacher derrière les étoiles…

Le lendemain matin, Max et Amélia se réveillèrent. Ils ont passé leur dernière nuit ensemble dans le même lit en se tenant côte à côte. Il se sentait rassuré auprès d'elle. Tous deux ont passé une nuit merveilleuse. Max put apercevoir un ciel rose clair et triste au dehors. Il admira la neige en restant mélancolique. Ses larmes s'apprêtèrent à couler.

-Max? Est-ce que ça va?

-Oui,… oui, ça va…

-Viens là.

Amélia le pris dans ses bras et lui déposa un doux baiser sur le crane. La directrice toqua à la porte et entra dans la chambre. Elle aussi sembla déboussolée.

-Amélia?... Il est temps…

-Viens, Max.

Amélia se leva et lui tendis la main. Max hésita lorsque son amie lui adressa un tendre sourire rêveur. Il lui prit la main afin de descendre les étages jusqu'au hall d'entrée avant de rejoindre le grand salon.

-Amélia, j'aimerais te présenter ta nouvelle famille.

Un monsieur et une madame se tenait devant la cheminé, le sourire rayonnant et bordé de joie intense qui admirait la jeune fille.

-B… Bonjour…

-Bonjour jeune fille. Viens nous voir, ma chérie… viens…

Amélia lâcha la main de Max avant de rejoindre ses nouveaux parents. Ne voulant pas rester seul, le petit garçon s'avança lentement vers les deux grandes personnes.

-Oh, Bonjour toi… Comment tu t'appelles?

-Max, madame…

-Oh! Il est tellement mignon!...

-Merci, madame…

-Il a l'air tout triste, s'étonna la maman en s'adressant à son mari et aux professeurs.

-C'est normal, dit la directrice.

Au fil de l'heure, les parents firent connaissance avec leur nouvelle fille pendant que

Max lui tenait la main dans le divan. Les bagages d'Amélia étaient enfin prêts et la directrice lui enfila un manteau avant de rejoindre sa nouvelle vie. Elle l'embrassa et la serra contre elle.

-Tu vas me manquer, ma chérie… aller va… et sois une grande fille…

Les autres élèves et amis lui dirent au revoir en compagnie des professeurs qu'ils lui souhaitèrent d'être heureuse.

Après avoir remercié tout le monde, Amélia vint près de son petit ami. Les larmes de Max ont fini par éclater. La jeune fille écarta les bras.

-Viens…

Max se précipita vers elle en la serrant très fort.

-Tu vas me manquer, mon cœur… affirma Amélia en lui parlant dans l'oreille. N'oublie pas que je serai toujours dans ton cœur… et je t'aimerai toujours…

-Moi aussi je t'aimerai toujours, Amélia… Je n'ai pas envie que tu partes…

-…Je sais… Mais dis-toi que je ne serai jamais loin de toi… et que j'irai très bien… C'est normal que tu sois triste… et si jamais tu ressens le besoin de pleurer,… alors pleure… Il n'y a pas de honte à cela… Si ça peu te soulager…

-Est-ce que je te reverrai un jour?...

-Je n'en sais rien, Max… mais je vais te dire une chose… Quand une personne s'en va,… ça signifie qu'une autre arrive après, afin de t'aimer et prendre soins de toi et d'accomplir de grande choses avec toi…

-Comment tu peux le savoir?...

-Parce que… moi je n'ai pas connu mes parents… comme toi tu n'as pas connu ta mère… Et j'ai toujours voulu les connaître… En fin de compte je savais que ce genre de chose n'était pas possible… Ou peut-être que si… Je ne sais pas ce qu'ils sont devenus… Mais au fil du temps j'ai appris à garder espoir et à me dire qu'une autre famille m'attendait… et qu'elle viendrait me chercher un jour pour qu'elle puisse m'adopter et m'aimer plus que tout… Mais il ne se passe pas un seul jour sans avoir la possibilité d'éviter de penser à eux.

Max pleura toutes les larmes de son corps.

-…Je… je n'ai pas envie que tu t'en ailles, je ne suis pas prêt…

-Je sais… je sais que tu n'es pas prêt… Mais je serai avec toi… et tu n'es pas tout seul… Il y a beaucoup de gens qui t'aiment ici… ça va aller, je te le promets.

Alors qu'Amélia s'en alla vers la voiture de ses nouveaux parents, la directrice qui tenait Max par la main adressa un signe d'au revoir à la jeune fille. La petite amie de Max revint près de la directrice pour la remercier d'avoir pris soin d'elle, de l'avoir choyée de l'avoir aimée… Elle posa son regard intense et triste sur Max. Sa longue chevelure flottait dans le vent comme les vagues d'un océan. Elle l'embrassa longtemps alors que ses larmes humidifièrent ses joues. Lorsqu'elle décolla ses lèvres de celles de Max elle lui répondit:

-Peut-être que je vivrai aussi longtemps que Kenry…

-Tu crois ?

-Je ne sais pas… Mais il a encore beaucoup de voyage à parcourir…

-Alors il va mourir tu croix?

-Et bien… il faut déjà qu'il continue son voyage et qu'il trouve le bonheur là où il n'y en a pas ensuite… il va mourir. Oui… Si jamais un jour tu le vois… tu penseras à moi… Je t'aime Max…

-Moi aussi je t'aime…

Ils se câlinèrent une dernière fois avant qu'Amélia alla rejoindre sa famille.

-Au revoir, Max…

La petite fille monta dans la voiture. Celle-ci se mit à démarrer et roula lentement vers un monde inconnu. Max regarda la voiture partir vers la lumière du destin pour toujours. Amélia le contempla depuis la vitre arrière en y posant la main. Le garçon put apercevoir ses larmes couler avant que la voiture ne soit plus qu'un point minuscule entre deux rangé d'arbre. Il lui adressa un signe d'au revoir au moment où le papillon est réapparu.

Quand une personne s'en va, ça signifie qu'une autre arrive…

Cette phrase peu avoir un signe de vérité tout comme un signe de désespoir. Voir quelqu'un partir n'est jamais facile. Mais d'un autre côté, la vie nous permet de franchir une autre porte lorsque la première se ferme. L'avenir peu parfois faire peur. Mais la peur est signe de merveille et de joie intense quand on peut voir la vie du bon côté. Chaque personne agie différemment selon son propre point de vue. Certains agissent avec la confiance pendant que d'autres agissent en reculant dans le passé. La deuxième possibilité n'est jamais la meilleure. C'est pourquoi la plupart des gens disent qu'il

242

faut avancer sans se réfugier dans ses rêves au point de ne pas affronter la réalité. C'est en l'affrontant que l'on peut accomplir ses plus grand rêves tout en restant soi-même. Tout cela Max l'apprit au fil des années qu'il vivait encore aux Monts Sauvages. La présence d'Amélia dans ses rêves chassait les mauvaises images qu'il voyait lorsqu'il était seul. L'amour qu'il y avait entre eux deux l'avais rendu plus fort. Mais ce fut un vrai déchirement de la voir partir. Il savait qu'elle lui manquerait atrocement… surtout en entendant le cri de ses cauchemars au milieu de la nuit…

Les jours passèrent… Dans le bureau de la directrice, la discussion allait de mal en pis.

-Je n'arrive pas à croire qu'Amélia ne soit plus là…

-Ecoutez, Madeleine, je sais que cela est très difficile à surmonter ; ça l'est pour tout le monde… Mais vous devez garder espoir…

-Garder espoir??! Vous ne vous rendez pas compte à quel point ça me fait mal de la voir partir!!!

-La voir partir?

Le professeur Lockwoods fit irruption afin de s'adresser à la directrice. Habillé d'un costume noir et sombre, il était le plus détesté de tous les élèves du château. L'homme à l'âge avancé avait des traits durs avec des yeux jaunes, menaçants tels ceux d'un faucon. Personne ne pouvait échapper à son regard. De plus, la canne qu'il tenait de sa main gauche était ornée d'une tête de mort.

-C'est vrai que cette fille est partie… Mais nous ne sommes pas ici pour exprimer des sentiments… Tous ces enfants ne sont pas dignes d'aimer qui que ce soit. Il est grand temps que vous apprenez à les brusquer, Madeleine!

-Peut-être que vous êtes de cet avis, mais à l'heure actuelle, c'est moi qui dirige cet orphelinat et je n'ai pas de compte à vous rendre!!!

-Vous ne méritez pas de diriger cet établissement!

-Pardon?!!!

-Vous avez trop tendance à laisser ces enfants faire ce qu'ils veulent et de se permettre beaucoup de choses… Il est temps de se poser la question sur la façon dont cet orphelinat est dirigé!

-…Quoi?!… A ce que je sache nous ne vivons plus au temps des donjons si vous voulez savoir… Et avant de me lancer des réflexions vous feriez bien de vous mettre à la place de Max et de voir à quel point c'est dur la façon dont il vit son départ!!!

-Et vous croyez que c'est en étant attentionnée et délicate qu'ils vont apprendre la discipline? Je ne suis pas de cet avis!!!

-Peu m'importe que vous le soyez ou pas Carlos!!! Je ne vous suivrai jamais dans vos tentations!!! Surtout pas après ce que vous avez fait endurer à tous ces enfants!!! J'en connais bien plus sur vous, Carlos!!! Je sais que vous cherchez à les maltraiter au point de les tuer si ça vous chante!!! Mais je vous interdis de toucher à un seul de leurs cheveux!!! Ou sinon je vous jure que vous allez le regretter!!! Vous croyez que c'est en leur imposant des règles de discipline que vous allez les rendre plus heureux ou plus apte à participer à l'école?!!! Si c'est le cas vous vous trompez!!! Moi au moins j'ai du cœur contrairement à vous!!! Et je pense avoir fait beaucoup d'efforts personnellement afin de… vous accepter… et de vous comprendre! Mais il y a bien une chose que je réalise aujourd'hui, c'est que je ne vous aime pas, Carlos Lockwoods!!! Et tout ça pour ces raisons:…Vous êtes mauvais comme la peste!!! Et les élèves sont pétrifiés à l'idée de participer à votre cours!!! Sortez de mon bureau maintenant!!!

Le professeur Lockwoods s'en alla avant de revenir sur ses pas.

-Je n'en ai pas fini avec vous, Madeleine! Je vous préviens, que si vous racontez quoi que ce soit à la police à propos de mes actes,… je vous tue!!!

La directrice se mit à pleurer à chaudes larmes pendant que le professeur Lockwoods quitta le bureau d'un pas furieux.

-Max…

L'enfant aperçut sa petite amie dans la lumière éblouissante de l'au-delà.

-Viens avec moi, Max… lui dit Amélia en lui tendant la main.

Max s'avança vers elle en ayant la sensation de flotter dans les airs. Il s'empara des mains d'Amélia avant de caresser sa chevelure. Les deux enfants se mirent à sauter dans l'air main dans la main avant de retomber sur le sol herbeux des collines. Ils rirent de bon cœur avant de s'embrasser tendrement.

-Je t'aime Amélia…

-Moi aussi je t'aime, Max…

La lumière de l'au-delà laissa place à l'obscurité des cauchemars avant qu'une ombre encapuchonné fasse irruption devant eux. Max put écarquiller de grands yeux en voyant l'horrible main putréfié et rongé par la lèpre. Du sang dégoulina sur la cape noire de la mort malade. A l'intérieur de la capuche, deux flammes jaunes et menaçantes se formèrent. Une terrible odeur de décomposition empesta les narines des enfants avant que Max ne pousse un hurlement de terreur.

-COURS, AMELIA!!!!

Le petit garçon entraîna son amie par la main jusque dans les bois avant que celle-ci ne trébuche contre une branche. Max sentit Amélia lâcher sa main alors que leur amour se brisa dans les méandres du mal. La mort malade s'empara d'Amélia. La pauvre jeune fille fut couverte d'escarres ; la maladie la dévora pendant qu'elle vomit du sang.

-NE RESTE PAS LA, MAX!!!... COURS!!!!

Mais Max ne savait plus courir. Il avait abandonné sa tendre Amélia. Il sentait que les ténèbres s'emparaient de ses jambes avant qu'il ne tombe lui aussi. La mort malade montra son horrible visage couvert de cloques et d'escarres baignés dans du put et du sang. Max se concentra sur Amélia, sur l'amour qu'il avait envers elle. Il se concentra de toutes ses forces.

A ce moment-là, une faible lueur éclaira la forêt. Max se concentra encore plus alors que la lumière s'éclaircissait et grossissait à vue d'œil. Avant que la mort Malade ne le contamine par la lèpre, Max ferma les yeux pendant que la lumière devint une immense clarté autour des bois. La mort malade se tourna vers la lumière. Celle-ci dévora l'ombre encapuchonné qui disparut ne laissant plus qu'un squelette habillé d'une cape noire. Max comprit que cette lumière venait de la lanterne. L'enfant se releva.

-Quoi qu'il arrive je t'aimerai toujours, Max...
-Amélia??!...

Max se réveilla. Le ciel commença à s'éclaircir. Depuis la fenêtre entrouverte, il crut entendre la voix d'Amélia…

-Quoi qu'il arrive je t'aimerai toujours, Max…

Il se leva de son lit lorsque ses larmes se mirent à couler.

-Amélia…

Le petit garçon ouvrit grand la fenêtre et admira le ciel en se demandant ce qu'allait devenir son amie de toujours. Il se l'imagina au loin face à lui entrain de lui faire un signe d'Adieu.

Max prit une feuille de papier et un stylo et alla rejoindre la chambre d'Amélia. Il ouvrit doucement la porte avant d'y entrer. Il posa son regard sur le lit refait, sur les rideaux ouverts et sur son petit bureau en bois sur lequel ils dessinaient quand ils étaient petits. Avec nostalgie, Max admira les photos de leurs moments passé ensembles. Celle où ils jouaient tous les deux dans le jardin, celle où ils se baignèrent dans le lac,… et enfin celle où ils se trouvaient tous les deux en pyjama dans le même lit, bordé d'une couette épaisse. Max la contempla longtemps. Amélia le tenait dans ses bras et souriait d'un air rêveur.

Max décrocha la photo et la serra contre lui avant de se réfugier dans un coin pour écrire sur son morceau de papier: "*Je t'aime Amélia… Je t'embrasse… Pense à moi…*"

-Pense à moi… dit Max en sanglotant. "Pense à moi… Amélia…"

Un souvenir lui revint en mémoire. Il se souvint d'avoir danser avec Amélia lors d'un grand bal que la directrice avait organisé quelques mois plus tôt. Elle était habillée d'une magnifique robe rouge.

"*Tu es magnifique!...*

"*Toi aussi, tu es beau!...*

"*Tu crois que… un jour… on fera notre vie ensemble?...*

"*Rien n'est sûr, Max… Mais je serai toujours à tes cotés. Quoi qu'il arrive je serai avec toi… Je te le promets…*

Ils se sont enlacés par la taille et ils ont commencé à danser dans la clarté de la nuit.

En revivant ce souvenir, Max se mit à pleurer très fort pendant longtemps sans détacher son regard de la photo. Lorsque la directrice arriva, elle s'agenouilla, pétrifiée près de l'enfant.

-Qu'est-ce que tu as mon cœur?

-Elle… elle me manque…

La directrice s'empara du morceau de papier afin de lire l'écriture de Max. Elle sentit ses larmes percer ses yeux.

-Je comprends, mon grand… Je comprends…

-Je ne peux pas… accepter… qu'elle soit partie… Elle me manque trop… j'ai mal au cœur…

-Je sais, Max… …Mais tu n'as pas à t'inquiéter… car je suis avec toi… Parce qu'étant donné ce qui est arrivé… si tu ressens le besoin de parler à quelqu'un… …Il faut que tu saches une chose importante… A propos d'Amélia… …Tu comptais énormément pour elle…

Max pleura dans les bras de la directrice.

-Il y a des choses dans la vie, mon grand, qui sont difficiles à expliquer… et qui sont dures à surmonter… C'est comme ta maman… Elle ne t'a pas abandonné par hasard…

-Je le sais…

-…Oui… Oui, bien sûr que tu le sais… Evidemment… Je me doute bien que tu l'aurais appris un jour par toi-même… Mais je sais une chose… Vous étiez faits l'un pour l'autre…

-Tu crois que je reverrai Amélia un jour?...

-Je n'en sais rien, Max… personne ne le sait… Mais j'aurais aimé pouvoir te dire la vérité moi-même aujourd'hui parce que je me suis dit qu'après le départ d'Amélia, tu aurais voulu l'entendre pour ainsi savoir que ta mère t'aimais et qu'elle voulait te protéger… Mais tu l'as appris toi-même, mon grand… Mais en ce qui concerne Amélia, elle n'est pas la seule à suivre sa voix… Il y en aura bien d'autres ici qui partiront, mon chéri… Tout le monde même… Tes amis aussi… …et toi, Max… Un jour tu partiras aussi… Personne n'échappe à cela,… Au début les enfants arrivent ici, ils se lient d'amitié avec d'autres et un beau jour ils finissent par grandir… et à suivre leurs destinées… Toi aussi tu devras suivre la tienne… Et je sais à quel point mon chagrin sera insurmontable… mais quelque part… je ne cesserai de me dire que tu seras heureux et en paix… C'est tout ce qui compte pour moi… Je suis passé par là auparavant… Et puis j'ai fait ma vie… Maintenant je franchis le dernier train qui passe…

-Tu veux dire que tu vas mourir?

-Un jour oui, Max…

-Et si un jour je quitte cet endroit et que je ne te revois plus jamais?...

-Alors, je serai toujours dans ton cœur… et je serai toujours auprès de toi… même si tu ne me vois pas... Si un jour tu reviens ici et que je ne suis plus là, c'est parce-que ma vie sera finie et que quelque part... j'aurai bien vécu... Et je pense qu'elle aura eu un sens... car j'ai permis à beaucoup d'enfant d'évoluer... Tu n'as pas eu une vie facile avec tout ce qui t'es arrivé... J'en suis navré... Je sais à quel point tu as eu besoin qu'on te protège comme je l'ai toujours fais durant toute ta vie... et je continuerai jusqu'à ce que tu sois prêt à partir un jour... Ton histoire n'est pas finie... Tu suivras ta propre destinée... il te suffit de suivre la lumière dans ton cœur...

Max se souvint des paroles de la directrice durant tout le reste de ses années passées au Monts Sauvages... Même par après... Le message qu'il a écrit pour son grand amour est resté gravé dans son cœur. Avec l'aide de la directrice, il a attaché le message à un ballon d'hélium avant de le laisser s'envoler à travers le ciel. Depuis la fenêtre d'Amélia, Max et la directrice pouvait admirer le ballon rose partir au loin... Le papillon revint une dernière fois pour se poser sur la main de Max. L'enfant lui caressa les ailes ornées de ses couleurs magnifiques. Le papillon s'envola vers le ciel pendant que Max et la vielle dame se tinrent côte à côte dans une profonde nostalgie bercée de tendresse et de bien-être...

Un jour...

Mon commentaire

Je me souviens encore de mon enfance à Ambly... Parfois je donnerais cher afin de la revivre. C'est impossible je sais. A l'époque, mes grands-parents y habitaient dans une grande maison à l'ancienne. On pouvait jouer à cache-cache dans tous les moindres recoins, nous dormions entre cousins et cousines. On se racontait des histoires le soir, on faisait des cabanes dans les arbres, et le jardin était immense et surplombant... bref... nous passions des moments merveilleux...

Mais je me rappelle surtout de ma cousine, Mélanie. J'étais très attaché à elle... Nous dormions ensemble et elle me chérissait tendrement... Un jour, je suis allé dormir chez elle. Mon grand-père nous avait pris en photo. Elle me tenait dans ses bras. Je ne voulais pas la quitter. Malheureusement, nous devions partir... Encore aujourd'hui je ne cesse de me rappeler de lui avoir adressé un signe d'au revoir depuis la vitre arrière de la voiture. Elle me regardait en compagnie de sa mère et de son père en m'adressant le même signe. Je ne sais plus vous dire si elle me souriait ou si elle me contemplait d'un air triste. Je peux vous dire que j'ai ressenti une grande tristesse en moi…

En rentrant à Ambly je me suis réfugié dans ma salle de jeux pour y pleurer à chaudes larmes. J'ai même écrit, en un mot, sur un morceau de papier: "*Jet'aimeMélaniegrospisou*" Ce qui voulait dire: "*Je t'aime Mélanie, gros bisous.*" Un jour, Mélanie l'a découvert sans que je sois à ses côtés.

Ma grand-mère m'a consolé et m'a fait comprendre que certaines personnes ne seraient pas toujours là mais j'ai compris qu'elles seraient toujours dans mon cœur et dans mon esprit.

C'est pour ça que j'ai écrit cette nouvelle. J'ai toujours gardé ce souvenir en mémoire et je voulais le transmettre à mon personnage. D'ailleurs, il est bien écrit que l'histoire de Max n'est pas terminée. Ce qui veut dire qu'il y aura une suite un jour… Le fin mot de l'histoire nous l'exprime. Qui sait? Peut-être que Max continuera ses années à l'orphelinat des Monts Sauvages en compagnie de ses amis avant de quitter cet endroit pour toujours afin de vivre sa vie. Peut-être que sa destinée lui permettra de retrouver Amélia… ou peut-être pas… Quoi qu'il en soit, je n'écrirai pas la suite pour l'instant. Je me laisserai sûrement un délai de 10 ans avant de continuer… Ce que je compte faire pour le moment, c'est me concentrer sur d'autres histoires…

Durant des années je faisais des cauchemars sur le père Damien et les lépreux. Il me poursuivait dans un labyrinthe avec sa main putréfiée. Je me suis réveillé en sursaut et j'entendais du bruit en bas. Cette nuit avait été horrible pour moi… Surtout quand on y pense avant de s'endormir. Tous ces cauchemars remontent à l'époque où ma prof de religion nous avait raconté cette histoire. C'était une femme froide et mauvaise. Elle m'avait même fait pleurer devant toute ma classe lors d'un reportage sur la lèpre. J'entendais même un bruit calme et inquiétant dans ma maison lorsque j'étais inquiet. Je n'ai jamais oublié tout ça. C'est bien pour cela que j'ai voulu l'exprimer pour Max, lui qui a perdu sa mère à cause de cette terrible maladie. Mais je n'ai pas voulu écrire cette histoire uniquement dans ce but-là. Je voulais transcrire l'amitié et l'amour entre deux enfants de sexes opposés comme je le montre souvent dans mes nouvelles. Ça ne sera pas la seule histoire qui se déroulera dans un orphelinat ou une école. Et puis mes histoires me viennent à l'esprit n'importe quand, surtout quand je suis absorbé par la mélancolie en regardant au-delà d'un paysage…

Milaïa

Chapitre I

Le rêve

Les habitants de Milaïa se doutaient toujours que quelque chose n'allait pas dans la famille Sumers. Lorsque les gens du village les croisaient, ils ne pouvaient résister à l'envie de se cacher derrière un buisson ou derrière leurs fenêtres barricadées par des planches en faisant semblant de ne pas les avoir vus. Mais les Sumers étaient déjà au courant de la situation. Cette famille était mal vue par tout le monde car le père Sumers était un alcoolique notoire, agressif et violent. La mère était dépressive et rongée par la drogue. On pouvait même apercevoir des lésions et des coups portés par son mari et sa peau pourrissait suite au divers médicaments qu'elle prenait. Les nuances noires qui se décomposaient jusqu'aux os étaient la cause de la toxicomanie. Même la cocaïne l'avait rendue plus vieille. On aurait cru voir une femme de septante ans attaquée par la pire maladie qui puisse exister sur terre. Sauf qu'elle avait à peine trente ans. Quant aux enfants, l'aînée de la famille était une fille de 14 ans au visage agréable qui se mutilait suite à leur mode de vie. Le cadet n'était encore qu'un bébé mal nourri et qui paraissait plus maigre qu'un nouveau-né ordinaire suite à la négligence des parents. Le chien qu'ils gardaient enchaîné à un arbre était un berger Allemand qui ne voulait faire qu'une seule bouchée de quiconque voulait s'approcher de la propriété.

La maison des Sumers se situait sur une colline isolée du reste du village qui donnait vue sur les vallées. C'était une vieille bicoque ornée d'une tourelle. La maison était mal entretenue autant à l'intérieur qu'à l'extérieur. Il y avait trois étages sans oublier de compter celui de la tourelle.

Un soir alors que la mère Sumers prenait ses pilules, son mari a fait voler le contenu sur le sol avant de la gifler violemment. Le bébé hurlait pendant que sa grande sœur entendait tout depuis sa chambre. Elle dévala les marches avant d'apparaître dans la cuisine et de trouver son père brandir une hache et la planter dans la mâchoire de sa femme. Du sang dégoulina avant que la mâchoire ne tombe à terre dans une flaque rougeâtre. La jeune fille hurla de terreur en gravissant les escaliers qui menaient à sa chambre. Elle pouvait entendre les bruits de pas de son père qui tenait la hache de ses deux mains. A l'instant où l'adolescente s'enfermait dans sa chambre, elle s'est emparée d'un grand couteau tranchant le regard toujours fixé sur la porte de bois vernis. Elle reculait au bord de la fenêtre le souffle court et le cœur battant à tout rompre. Le bébé continuait de hurler pendant que la hache traversait la porte dans une explosion de bois brisé. La jeune fille se retenait de hurler en apercevant la lame aiguisée qui signait son arrêt de mort. Elle a porté la main à sa bouche quand le père a passé la sienne couverte de sang à travers le trou pour atteindre le loquet.

La jeune fille s'est cachée en dessous de son lit lorsque le père Sumers enfonça la porte pour s'introduire dans la chambre. En regardant dans tous les moindres recoins, il a finalement aperçu un pied glisser sur le plancher. L'ivrogne s'est jeté vers le lit et a attrapé les jambes de sa fille afin de l'attirer vers lui. Alors qu'une lutte infernale se déchainait entre eux deux, le père avait fini par brandir sa hache vers le haut avant que sa fille ne lui enfonce son grand couteau dans la gorge. Du sang ruisselait et inondait ses vieux vêtements pendant que la hache heurtait le ventre de la jeune fille. Elle convulsa pendant quelques secondes avant de s'immobiliser, les yeux ouverts fixant le plafond. La famille Sumers reposait maintenant dans une mare de sang. Le seul être encore en vie était le bébé qui continuait de hurler et de pleurer dans la nuit obscure éclairée par la pleine lune…

Depuis le jour où cette horrible tragédie s'est abattue sur les Sumers, les villageois craignaient plus que tout de s'aventurer autour de la maison qui avait l'aspect d'un fantôme lors des journées brumeuses. Seul trois enfants ne se souciaient guère des conséquences concernant la famille qui avait été tuée. La police avait découvert les cadavres le lendemain du drame en abattant le chien au passage. Le bébé avait été recueilli par une famille aisée alors que 10 ans après, les trois enfants continuaient de s'aventurer sur la colline. Leurs parents leurs avaient pourtant formellement interdit d'y aller mais leurs avertissements ne faisaient que croitre la curiosité de leurs progénitures.

Il y avait un garçon et deux filles. Ils étaient toujours ensembles. Il y avait donc, Charles

Ferdome, Mélanie Delmon et Line Grace. Charles était un garçon élancé avec des airs d'aristocrate sous une chevelure brune coiffée à l'ancienne. Mélanie quant à elle était une rouquine souvent habillée d'un jean et d'un tee-shirt blanc. Line, elle, avait des longs cheveux noirs souvent habillée d'une robe rose pâle. Tous trois adoraient se faire peur ; la plupart du temps, ils se racontaient des histoires d'horreur la nuit avant de s'endormir malgré l'insistance des parents sur le fait qu'il était déjà tard. Bien souvent, en pleine journée, ils montaient la colline jusqu'à la maison des Sumers pour y jouer à cache-cache. Parfois ils s'acharnaient sur la maison. Line lançait des cailloux à travers les carreaux le plus loin qu'elle pouvait. Lorsqu'elle entendait le fracassement de la fenêtre, elle se mettait à rire de bon cœur. Charles, s'emparait d'un bâton pour frapper contre les murs en criant: "SOYEZ MAUDITS LES SUMERS!!!" et enfin Mélanie faisait rouler une petite charrette à bras afin de foncer dans la porte d'entrée.

-HE!!! QU'EST-CE QUE VOUS FABRIQUEZ, BANDE DE PETITS VOYOUX?!!!

A l'instant où un vieil homme les a surpris, ils ont couru rejoindre le village. Le vieil homme a parlé de l'incident aux parents avant que leurs enfants soient privés de sortie. Charles et Mélanie n'ont plus voulu remettre les pieds dans cette maison suite au savon qu'ils eurent de la part de leurs géniteurs. Mais la nuit, Line apercevait toujours une lumière dans l'une des chambres de la sinistre demeure. C'était la chambre du troisième étage. Curieuse, la petite fille de 10 ans voulait à tout prix s'y aventurer une nouvelle fois. Pas pour engendrer des bêtises mais pour découvrir d'où venait cette étrange lueur qui brillait dans le noir. Line Grace s'est avancée vers sa fenêtre pour admirer la colline au loin en étant bercée dans sa nostalgie. Les bras croisé et la tête reposée sur ses mains, elle ne pouvait s'empêcher de penser à ses rêves les plus tendres.

-Il faut que j'y aille, a-t-elle affirmé en enfilant un manteau tout en descendant discrètement les escaliers avant de franchir la porte. C'était la pleine lune. Line a remonté la colline jusqu'à la vieille bicoque. La lumière brillait toujours. Elle s'est approchée de la porte en bois dur et a tenté de l'ouvrir. C'était très dur mais la jeune fille s'est aperçue que la porte n'était pas verrouillée. En poussant le battant, Line Grace s'est introduite à l'intérieur. Il faisait très noir ; pas un brin de lumière dans le salon ni dans la cuisine. Line s'est emparée d'une lampe de poche qu'elle a trimballée dans son sac à dos. Elle l'alluma et aperçu des toiles d'araignée dans tous les coins. Il faisait poussiéreux au point d'éternuer mais la petite fille se retenait. Il y régnait un désordre épouvantable sans parler de l'odeur du renfermé et de la pourriture. Line n'arrivait pas à distinguer ce qui sentait comme ça. Mais le pire,… elle entendait des chuchotements qui lui donnaient des frissons. D'où pouvaient-ils venir? Line se posait trop de question à l'instant où elle arrivait près d'un escalier.

Elle monta les marches jusqu'au deuxième étage, où elle vit un voile blanc. Elle sursauta lorsque celui-ci s'avança vers elle depuis l'escalier. Le voile était une silhouette méconnaissable. Line tremblait de tout son corps de peur et de froid. Elle tenta de le toucher mais sa main passa au travers. Elle contempla le spectre pendant un long moment dans un silence absolu qui lui glaçait le sang. Elle voulut pleurer de tristesse en admirant ce pauvre esprit sans visage. Était-ce une personne de sexe masculin? Ou féminin? Elle ne pouvait le définir. Son cœur cognait dans sa poitrine alors qu'elle tentait de contourner le fantôme qu'elle venait de voir,… très lentement… Depuis le salon, Line sentait que quelque chose la suivait et l'observait de près. Elle gravit les marches menant au troisième étage laissant l'âme perdue se promener paisiblement toute seule au deuxième.

Alors qu'elle arriva près de la porte entrouverte d'une chambre, Line entendit des voix et vit la lumière briller dans l'obscurité. Elle écouta attentivement depuis l'entrebâillement de la porte. Ces voix ne ressemblaient pas aux chuchotements qu'il y avait au rez-de-chaussée. Cela lui fit froid dans le dos.

"*Je sais ce que tu ressens maman… Je suis désolée…*"

"*Tu n'y es pour rien ma chérie… Je te le jure…*"

"*Que va devenir mon petit frère?…*"

"*Je te promets qu'il sera mieux là où il est… Ne t'inquiète pas… je serai toujours là pour toi… Je te le promets… ma fille…*"

Line entendit du bruit au deuxième étage qui la fit légèrement sursauter. Le souffle court, elle regarda la lumière qui brillait au milieu de la chambre. La petite fille se dit que ça venait surement des esprits qu'elle entendait dans la maison. Elle tenta d'y entrer au moment où un gros berger Allemand lui emboîta le pas afin de s'installer devant la fenêtre pour ainsi la contempler de ses yeux jaunes perçants et maléfiques. L'enfant se mit à gémir lorsqu'elle regarda la hache sur le plancher maculé de sang séché. La porte derrière Line se verrouilla lorsqu'un horrible hurlement rauque transperça ses tympans. Elle se retourna et vit avec horreur une femme au regard terriblement menaçant qui l'attrapa par le bras. La peau de la femme se décomposait et avait un aspect bleu sombre. Des veines violettes ressortaient de son visage attaqué par les escarres alors qu'elle ouvrait grand la bouche laissant entrevoir un trou noir. Line constata que ce n'était pas une femme vivante mais un spectre provenant de l'enfer. L'enfant hurla de terreur à s'en faire exploser la voix. La femme continua son cri rauque à l'instant où elle aspira le sang de Line. Il y eu des éclaboussures rouges sur toutes les parois et les murs. Le sang dégoulina sur le manteau et la robe rose pâle de la petite fille alors que sa peau se dessécha. Line

Grace s'effondra sans vie sur le plancher à l'endroit où la fille et le père Sumers moururent 10 ans plus tôt…

Chapitre II

La vérité

William se réveilla en sursaut, le corps trempé de sueur. Son cœur faillit exploser dans sa poitrine alors qu'il essayait de récupérer son souffle. Il put entendre la pluie s'abattre sur le toit et la voir s'écouler sur la fenêtre de sa chambre. L'orage grondait dans la nuit matinale au moment où il s'engouffra dans ses pensées les plus sordides. Le pire, il se sentait très triste. Face à lui, il aperçut des yeux blancs qui l'observaient de près. William trembla de tout son corps à l'instant où un éclair transperça l'obscurité. Il se rendit compte que les yeux qu'il voyait n'étaient autres que ceux d'un clown à ressort qui occupait l'étagère supérieure de son bureau. Un horrible craquement retentit, ce qui fit sursauter William une nouvelle fois. Terrifié à l'idée de se retrouver tout seul dans sa chambre en compagnie des fantômes de ses cauchemars, il tenta de se lever lorsqu'on frappa à sa porte.

-Qui est-ce?

La porte s'ouvrit. Le père de William alluma la lumière. Il tenait un plateau dans les mains.

-Bonjour, mon grand.

-Salut, papa.

-Je suis venu t'apporter ton petit déjeuner.

-Merci, papa, c'est vraiment très gentil, répondit William la gorge nouée.

-Oui, tiens, je t'ai fait des tartines aux œufs brouillés, des pains en chocolat et un jus d'orange. Je pose le plateau sur ton lit. Tu n'es pas obligé de manger tout de suite tu sais. Tu peux manger plus tard si tu veux…

Le papa de William s'assit sur le lit en posant sa main sur le bras de son fils afin de lui adresser du réconfort.

-William, est-ce que ça va?

-Oui, papa. Ne t'inquiète pas. Ça va.

-D'accord. Bon je te laisse mon grand. Et si jamais tu as besoin de parler, ta maman et moi sommes au rez-de-chaussée.

-D'accord.

Le père regarda son fils une dernière fois avant de fermer la porte et de redescendre. William resta seul dans sa chambre en admirant la pluie s'écouler sur la fenêtre dans un dimanche des plus tristes. Demain il allait rentrer à l'école et revoir ses amis et sa petite amie. Mais au plus profond de son cœur, il sentait qu'il n'avait pas sa place parmi eux. Il savait aussi qu'en étant toujours obsédé par ses cauchemars, ils finiraient par tomber en dépression. Ses parents étaient là pour l'écouter mais il se sentait seul. Surtout en tombant dans les méandres de ses rêves les plus horribles lors des nuits pluvieuses. En repensant à tout cela, William se mit à pleurer.

William vivait dans un quartier tranquille et paisible. Sa maison était juste à côté du cimetière qui reliait l'église. Depuis sa chambre, il pouvait apercevoir les tombes et le reste du paysage.

Sa mère frappa à la porte. William lui répondit. Elle entra et vint s'asseoir sur son lit.

-ça va, mon chéri? Demanda-t'elle.

-…Oui, maman, ne t'inquiète pas…

-Tu trembles…

-C'est rien… je vais bien…

-Tu es sûr?

-Oui…

-Viens…

La maman reprit son fils dans ses bras. Un peu plus tard, son père arriva dans la chambre.

-William?

-Oui?

-Tu n'as pas l'air bien mon grand… affirma son père.

William se mit à pleurer.

-Dis-nous ce qui ne va pas mon ange…

-En fait… j'ai fait… un rêve… C'était… cette nuit… avant que papa ne viennent dans ma chambre…

-Quel genre de rêve as-tu fais?

-Et bien… dans mon rêve, j'étais dans un village… et il y avait une famille qui y vivait en haut d'une colline… mais elle était totalement instable… Le père de famille était violent à cause de l'alcool… la mère était droguée et malade… Ils avaient tous les deux une fille qui se mutilait… …et il y avait un bébé qui était très mal nourri et en mauvaise santé…

Les parents de William furent effrayés et mal à l'aise…

-Qu'est-ce qui s'est passé ensuite?...

-…Le père a tué sa femme en lui envoyant une hache dans la mâchoire… Il a voulu s'en prendre à sa fille… Le bébé hurlait… Elle a réussi à le tuer avec un grand couteau mais la hache lui est retombée dessus et elle est morte peu après… Quant au bébé, je ne sais pas ce qu'il est devenu… Ensuite, il y avait des enfants qui se baladaient sur la colline... Ils étaient trois, il y avait un garçon et deux filles... Tous les jours ils y allaient et ils s'acharnaient sur la maison... Un vieux monsieur les a surpris et ils ne sont plus jamais revenus... Sauf une... elle apercevait toujours une lumière dorée dans une des chambre... celle du troisième étage... Elle s'y est aventurée en pleine nuit... A l'intérieur, elle entendait des voix... elle a même vu un fantôme... ...Elle a vu le chien aussi... dans la chambre où il y avait la lumière... Il y avait la hache sur le plancher... Elle entendait une autre voix... celle de l'aîné de la famille je crois... Elle disait: *"Je sais ce que tu ressens, maman... je suis désolée... Que va devenir mon petit frère?..."* Je n'ai pas compris ce que cela voulait dire... Mais la petite fille est morte peu après... L'histoire des enfants se déroulait dix ans plus tard...

-Comment?!... William... elle est morte à cause de quoi?!...

-A cause d'une femme horrible... elle n'était même pas vivante... Elle lui a aspiré son sang par la bouche avant qu'elle ne s'effondre... Puis je me suis réveillé...

-Oh, mon Dieu!...

-Mais… maman… papa… ce rêve… tous ce que j'ai vu… vous ne pensez pas que… ça s'est réellement passé?... Hein??...

-Il y a des choses dans la vie William que tu devrais éviter… finit par répondre son père. "Comme la vérité…"

-…Quelle vérité?...

-Je pense que quelque part au fond de toi-même, tu as besoin de le savoir… Dit sa mère.

-Quoi?...

-…Tu as été adopté, William…

-Pardon?...

-Et justement… le rêve que tu viens de faire… a un lien avec ton passé…

-Non… non…

-Le bébé dont tu as parlé dans ton cauchemar… …c'était toi…

-Nous t'avons trouvé dans la maison peu après le drame… Nous étions de passage à Milaïa… Nous t'avons entendu hurler dans la maison… Au début on a hésité à entrer mais… ton père m'a dit qu'on ne pouvait pas te laisser tout seul… alors nous t'avons pris avec nous… Nous t'avons donné tout notre amour en vivant également dans l'angoisse pendant 10 ans…

-Mais… pourquoi vous ne m'avez rien dit?!...

-Nous savions tous les deux que la vérité finirait par éclater un jour ou l'autre... Je ne m'attendais pas à ce que ce soit aujourd'hui... On a toujours voulu vivre tranquillement auprès de toi sans que tu le saches... Nous ne voulions pas te rendre malheureux... Ton père m'a toujours fait comprendre la raison afin qu'on te le dise... Mais te le dire plus tôt aurait été une erreur de notre part... Nous ne voulions pas que tu vives dans la culpabilité... ni dans le chagrin... Mais aujourd'hui, tu as fini par l'apprendre par toi-même... Si tu ne nous avais pas raconté ton rêve... on ne te l'aurait peut-être jamais dit...

William se mit à pleurer toutes les larmes de son corps.

-Viens... Fit sa mère au bord des larmes.

Alors que William se réfugia dans les bras de sa mère, son père se mit à pleurer à son tour. Le petit garçon tremblait horriblement.

-Tu sais William, dans la vie, il y a des choses qui sont très difficiles à surmonter, affirma sa mère. "Certains même, tentent de découvrir leur histoire en recherchant un pan de leur vie qu'ils n'ont pas connue et d'autres préfèrent éviter leur passé en avançant sans même se soucier du reste. Je sais à quel point tu avais envie de le comprendre… Mais je pense qu'il est préférable que tu laisses le passé là où il est… Y revenir pour essayer de trouver des réponses serait très dangereux pour toi. Je sais que tu as peur, je sais que tu es angoissé. Mais sache une chose, mon ange, avec nous tu seras en sécurité. Souviens-toi, que quoi qu'il arrive, nous serons tous les deux avec toi… Même le jour où tu ne nous verras plus, nous serons toujours avec toi pour te protéger… jusqu'à ton dernier souffle…"

Chapitre III

L'espoir

La voiture avançait sur le chemin de terre neigeux dans la forêt. William se réveilla à l'arrière pendant que ses parents conduisaient silencieux, sombres et énervés. La voiture freina de justesse lorsqu'un lapin brun aux oreilles redressées vers le haut se promena sur le sentier. Il courrait dans tous les sens avant de rejoindre l'autre côté de la route. Depuis l'arrière, William l'avait vu. Il était en pyjama et il se demanda où ils allaient. Il régnait un silence sinistre dans la voiture lorsque William se rendormit.

Quelques temps plus tard, il se retrouva à Milaïa. Il se redressa dans la neige et vit la pleine lune juste au-dessus de lui. Ses parents n'étaient plus là. La forêt et les campagnes entouraient tout le village. De grosses pantoufles réchauffaient ses pieds alors qu'il marchait entre deux pâtés de vieilles maisons. Devant lui, il vit une ombre encapuchonné sous une lanterne qui éclairait l'obscurité. Elle lui faisait face. William ne voyait pas le visage ; tout ce qu'il vit n'était que l'obscurité. Un papillon à la couleur rouge agressive et brillante tournoyait autour de la lumière. Les flocons tombaient lentement dans le silence qui perturbait le village. Le cœur de William se mit à battre la chamade avant que l'ombre ne se détourna pour changer de direction.

William avait froid. A quelques mètres devant lui, il trouva une grosse veste douce et chaude dans un abri. Il l'enfila en continuant à marcher. Il s'arrêta devant de vieilles grilles verrouillées par une chaine et un cadenas. Des arbres sinistres encerclaient le mur qui reliait les grilles. William tentait de les ouvrir lorsque le vieux cadenas se décrocha. L'enfant entra dans le cimetière en apercevant l'ensemble des vieilles tombes décharnées et penchées de travers. Il fut effrayé lorsqu'il vit à quoi ressemblait cet endroit à travers les flocons de neige. Il sentait que quelque chose de déplaisant le suivait à l'instant où il s'arrêta net devant deux tombes. Un peu plus loin derrière, il vit celle où la jeune Line

Grace reposait. Des roses fanées et recouvertes de neige cachaient la date de sa mort. William ne voulut pas y prêter plus d'attention. Car les deux tombes qui se trouvant devant lui n'étaient autres que celles de ses parents biologiques. Il en était sûr ; il le savait. Même s'il n'arrivait pas à reconnaitre les prénoms. Il était juste gravé dans la première pierre: "*Mr Sumers*" et dans l'autre: "*Mrs Sumers*". En contemplant ses deux tombes, ses larmes se mirent à perler. "*Je suis désolé… maman*" a-t-il mentionné Lorsque le papillon rouge vint se poser sur la tombe de sa défunte mère qui lui avait donné la vie sous l'emprise de la drogue.

Alors que William tendit la main lentement pour atteindre la tombe, une main se posa sur son épaule. Il se retourna brusquement avant d'apercevoir un horrible visage sous une capuche noire. Le visage laissait entrevoir deux trous noirs menaçants dont les coulées de larmes sombres venaient envahir les joues en décomposition. La peau était couverte de croutes et de cloques garnies de pus et la mâchoire dégoulinait de sang. À l'intérieur de la bouche apparaissaient des dents jaunes et tranchantes.

William hurla avant de se réveiller dans son lit, la respiration haletante.

L'enfant se pencha pour vomir. De la mixture jaune s'étalait sur le parquet.

-Maman… Dit-il la voix tremblante.

Sa mère n'était pas tout près mais William parvint à entendre le ton s'élever au rez-de-chaussée.

-ça ne peut pas continuer comme ça… tu crois que c'est facile pour moi?!! C'était la voix de son père avant qu'il n'entende avec frayeur celle de sa mère qui hurlait.

-EST-CE QUE TU REALISES QUE NOTRE FILS N'EST PAS BIEN?!!! CA RIME A QUOI QUE TU T'EN AILLES?!!! TU PREFERES EVITER DE LA VOIR DANS CET ETAT?!!! T'AS COMPLETEMENT PERDU LA TETE HEIN, MAIS TU TE FOUS DE MA GUEULE OU QUOI?!!!

-Et tu préfères que je fasse quoi?!!!

-QUE TU SOIS PRESENT, IL A BESOIN DE TOI TOUT COMME MOI J'AI BESOIN DE TOI!!! TU NE PEUX PAS CONTINUER A T'ISOLER POUR EXPRIMER CE QUE TU RESSENS POUR TON FILS!!!

-Comme si je n'étais pas présent ? Dis, tu rigoles ou quoi?!!

-ET BIEN A T'ENTENDRE DIRE CA CE N'EST PAS ETRE A SES COTES!!! T'AS VU UN PEU COMME IL EST ANGOISSE?!!! TU CROIS QUE C'EST GAI CE QU'IL ENDURE?!!!

-Je n'ai jamais dit que c'était agréable pour lui… arrête maintenant!!

-NOM DE DIEU, MAIS TU NE TE RENDS PAS COMPTE IL A BESOIN DE NOUS!!! TU N'AS PAS A EVITER CE QU'IL VIT!!! ON DIRAIT QUE JE SUIS LA SEULE QUI PUISSE COMPRENDRE!!!

-MAIS NE VIENS PAS DIRE QUE JE NE SUIS PAS CAPABLE DE COMPRENDRE HEIN, OOOOOOOH!!!

-PEUT IMPORTE!!! TU N'AS PAS A TE CACHER!!! TON FILS A BESOIN DE TOI ET TU N'AS PAS A TE DETOURNER!!!

Il y eut un silence mais William n'osa pas se lever de son lit pour aller chercher de quoi nettoyer. Il resta là caché sous la couette à la recherche d'un réconfort. Il se rendormit après un long moment.

-*Mon fils,…*

Ce fut la voix de sa mère biologique.

-*Regarde bien... Regarde au plus profond de ton esprit... Tu trouveras un objet précieux auquel tu ne t'attends pas...*

Il faisait noir et William était comme plongé dans un gouffre sans fin. La chute était vertigineuse. Une seule chose pouvait le rassurer, c'était la voix de sa mère qui avait sombré dans la drogue puis dans une mort des plus violentes. William aperçut une lumière dorée loin devant lui. Au centre de la lumière, apparut un étrange et mystérieux médaillon rouge de forme ovale.

-*Regarde bien, mon chéri...*

Le médaillon s'ouvrit et laissa entrevoir une photo de William étant un nouveau-né dans les bras de sa grande sœur. Elle avait un visage agréable. La lumière dorée s'engouffra dans le médaillon en montrant une image vivante qui représentait sa sœur en train de dormir aux coté de William.

-*Bonne nuit, Mano.*

William fut très surpris. Pendant des années il ne se doutait pas qu'il ne portait pas le même prénom à la naissance ; ni le même nom de famille. Le médaillon se referma et se remit à briller à travers la lueur dorée. Au centre du médaillon, il était marqué: "*Mano Sumers*".

-Un jour, mon fils,... tu iras à Milaïa... et tu retrouveras ce médaillon... Il t'aidera à apaiser tes souffrances et tes peurs... il te permettra d'avancer et de te protéger... Sans quoi,... tu dépériras dans une profonde dépression qui te guidera vers une mort lente et désastreuse... Ce médaillon représente l'espoir... Vas-y... vas-y... vas-y...

William continua sa chute dans le vide avant de se réveiller en sursaut dans son lit… Il se mit à répéter: "Vas-y… vas-y… vas-y…" Oui… il fallait qu'il y aille… un jour… tôt ou tard… il irait… il retrouverait ce médaillon dans la vieille demeure où il est né… Il voulait mettre fin à tout cela pour que sa sœur et sa mère puissent reposer en paix… et ainsi mettre un terme à ses souffrances… Ce fut son seul espoir…

Chapitre IV

Milaïa

William a été rongé par l'angoisse pendant très longtemps. 8 ans ont passé… Et aujourd'hui, alors qu'il était sur la route menant à Milaïa, il repensait à ses parents adoptifs, à sa petite amie qu'il avait laissée derrière lui. L'hiver était rude cette année-là. Il était seul et livré à lui-même… ce que beaucoup de personnes ressentent à l'âge de 18 ans. Mais pour William, c'était bien, bien pire… Pour lui… il n'était pas sûr de revenir… ni pour ses parents adoptif ni pour l'amour de sa vie…

A l'instant où il arrêta sa voiture au pied du vieux panneau indiquant: "Milaïa", il cru voir une ombre s'avancer lentement dans les bois. Avec fureur et effroi, William constata ou cru avoir croisé deux yeux jaunes menaçants. Il se sentait observé. Le papillon rouge de ses cauchemars apparut devant lui avant de se diriger vers le village. Le sentier, couvert de neige, menait en contrebas. William put apercevoir l'église, le reste des vieilles maisons ainsi que le cimetière où loin derrière,... se trouvait la colline reculé de tout, laissant entrevoir une vieille bicoque perché au sommet tel un vieux chapeau sur un crane dégarnis... La maison où il est né... Voilà maintenant 18 ans que sa famille biologique a sombrée dans un bain de sang, 8 ans que la jeune Line Grace est décédée dans d'atroces souffrances dans la chambre du troisième étage... William songea à Line Grace... Il songea également à sa famille mais aussi aux autres habitants qui ont sûrement connu un sort dans des circonstances encore plus désastreuses...

William préféra remettre ses idées en place et faire de son possible afin de garder son sang-froid. Il inspira profondément tout en ravalant sa salive.

-Mes parents... Je dois le faire pour mes parents... ...et pour Aline...

Il descendit le sentier lentement. Après vingt longues minutes de marche il arriva dans le centre du village. Le soleil se couchait. Il faisait sombre. Le jeune homme remarqua les fenêtres et les portes barricadées par des planches. C'était vraiment comme dans ses rêves. En se tournant vers l'une des maisons, il crut apercevoir le visage d'une vieille dame qui le dévisageait d'un œil mauvais. Sans y prêter plus d'attention, le garçon continua son chemin, suivant le papillon rouge jusqu'à l'église.

William y entra discrètement et vit des bougies briller dans l'obscurité. Elles entouraient un vieux cercueil ouvert qui laissait voir un crâne en décomposition. Une terrible odeur empestait. Il n'y avait pas de fenêtre au fond de l'église. Sur les bancs, certaines personnes se retournaient lentement vers William. C'étaient des visages de vieilles personnes horriblement inquiétantes. Leurs regards accusateurs se transformèrent en lumières jaunes, d'autres avaient des yeux de chats perçants. D'autres étaient de couleurs rouges. A la vue de ce cercueil, de ce crâne et de ces visages ridés, William s'enfuit en refermant la porte pendant qu'il neigeait au dehors.

Il courut jusqu'au cimetière avant de s'arrêter net. Il avait entendu un hurlement éloigné d'un enfant. William regarda autour de lui mais ne vit personne dans le village. Il finit par se rendre compte qu'en réalité il ne s'agissait pas d'un enfant mais d'un fantôme que personne ne pouvait voir. Ou simplement un cri inconnu qui ne sera jamais résolu.

Il ne voulait pas entrer dans le cimetière. C'était trop dur pour lui. A une certaine distance, il entendit une femme pleurer. Mais il ne la voyait pas. Il pensa alors que ces sanglots n'étaient pas de vrais sanglots, que ses cris n'étaient pas de vrais cris et que ces personnes dans l'église n'étaient pas de vrais personnes… mais des esprits démoniaques!...

Il longea le cimetière et gravit la colline. Après avoir atteint cette montée interminable, la nuit était tombée et William contempla avec horreur et nostalgie la maison dans laquelle sa sœur a essayé de le protéger de toute cette angoisse, de tout ce désespoir, de tout ce cauchemar qui a finalement pris une tournure dramatique…

Il y avait la lumière au troisième étage. William entra à l'intérieur en s'apercevant que la porte n'était pas verrouillée. Le papillon se mit à briller dans le noir. Le jeune homme monta les marches d'escalier. Elles grinçaient furieusement ce qui provoqua un bruit assourdissant au rez-de-chaussée. Comme si quelqu'un avait claqué la porte d'une armoire. Il entendit régulièrement d'étranges bruits jusqu'à avoir atteint le dernier palier. La chambre se trouvait face à lui et la lumière resplendissait à l'intérieur. Son cœur battait à tout rompre. Il vit la hache et le sang séché. Le papillon se posa sur un objet. William se rendit compte que cette lumière venait du médaillon qui se trouvait en dessous de la garde-robe. Un miroir ornait la surface de bois. Le garçon se pencha pour ramasser l'objet en dessous. C'était bien le médaillon de sa sœur. Il l'ouvrit et vit la photo à l'intérieur.

La lumière dorée laissa apparaître des voiles qui prirent la forme de sa sœur mais aussi de Line Grace… et de sa mère…

-Tu l'as trouvé, mon chéri… …bravo…

-Ma… Maman?...

-Viens nous rejoindre, Mano… dit sa sœur en lui tendant la main. Viens avec nous…

-…Non…

Mais à l'instant où il décida de partir, une ombre lui trancha la gorge avec la hache… Le sang tapissa les murs et William mourut laissant choir le médaillon qui brilla toujours dans la chambre du troisième étage… Sa vie se terminait là où elle avait commencée…

Les habitants de Milaïa se sont toujours doutés que quelque chose n'allait pas dans la famille Sumers... Mais pas au point de réaliser une forme de magie qui continuait d'exister aux travers de tourments désespérés et d'horribles tragédies... Certaines personnes croient pouvoir trouver des réponses concernant les endroits d'où elles viennent... Mais parfois... il est préférable de les ignorer... afin d'éviter les horreurs du passé...

Mon commentaire

On ne sait jamais ce qui nous attend lorsque l'on veut revenir en arrière. Mais il vrai qu'il est préférable de l'éviter. Moi-même j'ai très souvent tendance à revenir dans le passé. A me rappeler les bons souvenirs comme les mauvais. Mes joies comme mes peurs ainsi que mes moments de tristesse.

Cette nouvelle marque les angoisses que j'ai ressenties il y a des années. Milaïa nous parle d'un personnage qui veut comprendre le sens de ses rêves mais aussi sur la violence qui y est transmise. L'histoire nous parle des esprits, de la mort et de la peur d'autrui dans une ambiance sombre, nostalgique et dévastatrice.

Il m'arrivait régulièrement de faire des cauchemars quand j'étais plus jeune. Je rêvais d'esprits, de sang et de musiques calmes et très inquiétantes. Je me rappelle encore m'être réveillé, le cœur battant à tout rompre pendant que je cherchais du réconfort.

Quand mes parents ont divorcé, j'ai énormément ressenti. Je devais avoir 8 ou 9 ans. Je ne voulais pas que ma mère m'abandonne. Et chaque soir lorsque j'étais couché je gardais l'œil ouvert et l'oreille tendue quand ma mère s'apprêtait à partir. Et dès que j'entendais la voiture démarrée, je descendais en hurlant.

Ma mère avait perdu 11 kilos au temps du divorce... Elle qui avait tant aimé mon père... Ma sœur commençait sa crise d'adolescence et faisait n'importe quoi. Mais ma mère n'a jamais perdu le courage de se battre... et moi non plus.

Lorsque j'avais des angoisses, ma mère était la seule personne qui arrivait à les calmer. Je me rappelle encore d'en avoir ressenti une qui était atroce. J'avais l'impression que j'allais mourir à tout moment.

Voilà à quoi cette histoire se rapporte... A mes peurs d'avant et au divorce qui a failli nous coûter her.

Sachez une chose, garder l'espoir est toujours une part de lumière en chacun de nous...

Commentaire général

Ces nouvelles sont très tristes et assez dures à lire parfois. Même moi il m'est arrivé de verser des larmes sur certaines de ces histoires. Notamment sur "*Le cœur*" ou encore "*Les larmes du passé*". C'est surtout celles-ci qui m'ont le plus touché.

Si vous avez eu des moments d'émotions en lisant ce recueil, sachez que vous n'êtes pas les seuls. Tous ce que j'ai transcris dans ce livre, se rapporte à un vécu ou un ressenti auquel j'ai fait face récemment ou durant mon enfance.

J'ai toujours voulu exprimer ce que je ressens sous la forme d'un récit émouvant où la tristesse s'isole parfois derrière un brin de joie intense. Et lorsque cela se présente, chaque personne souffre en essayant de remonter la pente ou d'accepter ce qui lui arrive en vivant entre le bonheur et le désespoir… Comme Colin Delmore qui veut comprendre la vérité sur une personne qui était proche de lui mais dont il n'arrive pas à distinguer. Eliot Corame qui tente de sauver sa fille suite à de graves problèmes au cœur.

Guillaume qui rencontre une étrange petite fille avec qui il se lie d'amitié et d'amour à travers un monde céleste. Lucas qui revient dans son village d'enfance pour sa mère adoptive qui vient de mourir avant de retrouver une personne à laquelle il ne s'attendait pas. Max qui doit affronter ses peurs et apprendre à vivre seul, sans son amour auquel il s'est lié durant toute sa vie… Ou encore le fait de vivre des cauchemars en réalité lié à un passé obscur… Ces récits nous racontent tout ce que les gens peuvent rencontrer dans leurs vies.

Je n'ai pas eu une enfance facile. A l'heure actuelle il m'arrive de regretter certaines choses… Mais les histoires que j'ai écrites nous remettent également sur le droit chemin. La morale de ces contes veut nous faire comprendre que malgré les embuches que l'on rencontre, il est toujours nécessaire d'avancer pour obtenir ce que l'on souhaite plus que tout afin d'être à nouveau heureux, sans jamais oublier les bonnes choses d'avant. Vivre dans la nostalgie nous apporte à la fois du bon, comme du mauvais. C'est en subissant la souffrance que nous pouvons de nouveau être heureux. Mais d'un autre côté, on a tendance à s'isoler et à n'espérer plus rien au point de s'enfoncer dans la mort.

Je ne suis pas du genre à mettre fin à mes jours. S'il m'arrivait des malheurs insurmontables, pires encore que mon vécu, je voyagerais très loin de chez moi et je m'isolerais dans un endroit où il n'y a personne. Comme l'Alaska par exemple. Ou un autre endroit. Et je finirais mes jours là-bas… dans la tristesse et la mélancolie…

Il y en a beaucoup qui pensent que se suicider est facile. Mais détrompez-vous. Il y a parfois des échecs dans ce genre de tentative. Cela pourrait vous rendre encore plus inutile physiquement et mentalement. Et puis vous perdrez la confiance de votre entourage. C'est pourquoi il est préférable d'agir autrement tout en continuant à vivre… C'est comme ça que je le vois…

Sam Roynet

Genre: Drame, fantastique, horreur

© 2021, Sam Roynet

Édition : Books on Demand,
12/14 rond-Point des Champs-Elysées, 75008 Paris
Impression : BoD - Books on Demand, Norderstedt, Allemagne
ISBN : 9782322273195
Dépôt légal : janvier 2021